Wang Zengqi

Selected Works

汪曾祺别集

汪　朗主编

四时佳兴

齐　方编

浙江文艺出版社

作者，一九九四年在蒲黄榆家中作画

一九九六年八月，作者和外孙女齐方（左三）、孙女汪卉（左二）、
长子汪朗（左一）、儿媳刘阳（左四）、长女汪明（左五）

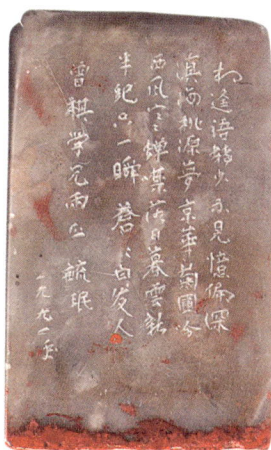

杨毓珉为作者所治印章，边款"相逢语转少，不见忆偏深。滇海桃源梦，京华菊圃吟。西风寒蝉噤，落日暮云新。半纪只一瞬，苍苍白发人"

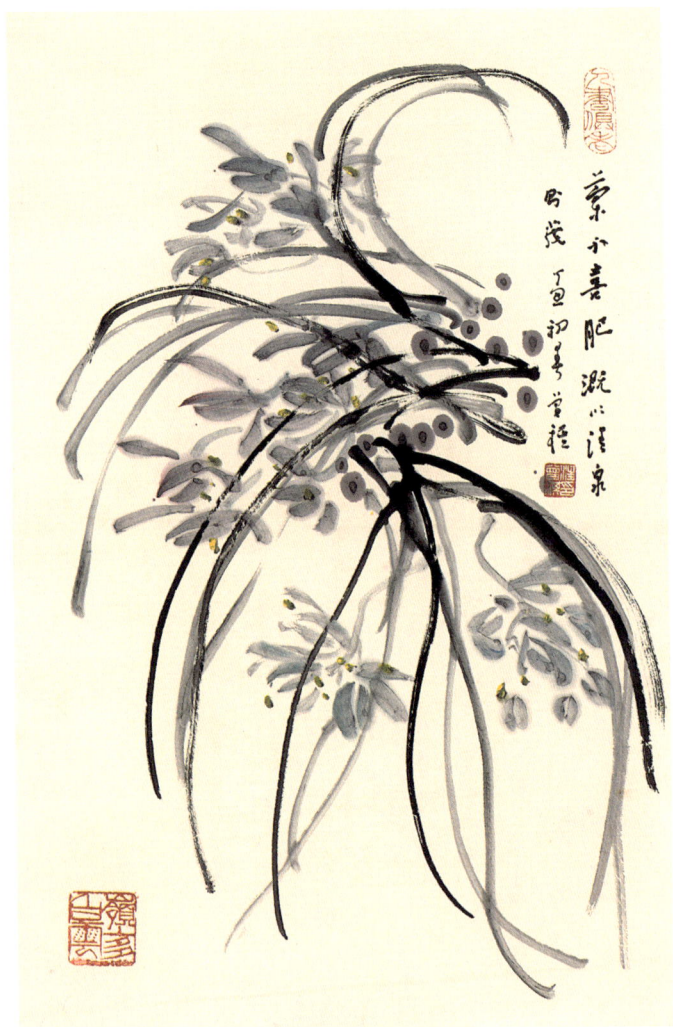

作者画作

出版说明

二〇二〇年是作家汪曾祺先生诞辰一百周年。为纪念汪先生,我们编选了这套《汪曾祺别集》。

汪曾祺的老师沈从文先生辞世后,家属借岳麓书社提议出版沈先生作品的机会,与吉首大学沈从文研究室合作,编选了一套二十册袖珍本集子,并根据汪曾祺先生的建议,定名为《沈从文别集》。这套选本款式朴素大方,编选方面的特别处在于,除了旧作,每本书前面增加了一些杂感、日记、检查、书信,以帮助读者更全面地理解作者和他的作品。

《汪曾祺别集》即参照《沈从文别集》的体例,从目前所见的汪曾祺全部作品中精选出二十册小书,在纪念汪先生的同时,向沈先生致敬。

本书大致依体裁、主题分集，希望在编辑、校订方面尽可能精审，遵循的基本原则如下：

一、以初版本或作者改订本为底本，参校以初刊本，作者手稿、手校本。不论所据底本为何种形式，全书统一为简体横排，标点符号统一为新式标点。

二、底本误植处，据校本或上下文可明确推断所误为何，由编者径改；底本与他本相抵牾而无法判断者一仍其旧。

三、可见作者习惯的异体字不做改动；通假字，侧重记音的方言用字，象声词，及外国人名、地名译法，仍存旧貌；意义完全相同的同一字，及同一人、地、物名，在同一篇内保持一致。

四、在早期作品中，作者习惯使用或现代文学创作中尚不规范的"的"、"地"、"得"、"做"、"作"、"那"、"哪"等词用法，不强做规范处理。

五、全书中的数字，除特殊情况外，统一为中文数字形式。

六、题注、收信人简介以仿宋体排于篇首页页下。正文中作者原注和编者注均以脚注形式标在当页。作者原注排为宋体；编者所做的必要注释以"编者注"字样标出，排为仿宋体。

七、独立成段的引文统一使用仿宋体，另行起排，段首缩进两字。

八、每篇文章的题注以脚注形式标在篇首页，排为仿宋体。所注信息包括初次发表时间、报刊名（初刊），初版图书名（初收）等。涉及的初版图书包括以下版本：

《邂逅集》，文化生活出版社一九四九年四月版；

《羊舍的夜晚》，中国少年儿童出版社一九六三年一月版；

《汪曾祺短篇小说选》，北京出版社一九八二年二月版；

《晚饭花集》，人民文学出版社一九八五年三月版；

《汪曾祺自选集》，漓江出版社一九八七年十月版；

《晚翠文谈》，浙江文艺出版社一九八八年三月版；

《茱萸集》，联合文学出版社一九八八年九月版；

《蒲桥集》，作家出版社一九八九年三月版；

《旅食集》，广东旅游出版社一九九二年四月版；

《世界历史名人画传·释迦牟尼》，江苏教育出版社一九九二年七月版；

《汪曾祺小品》，中国人民大学出版社一九九二年十月版；

《中国当代作家选集丛书·汪曾祺》，人民文学出版社一九九二年十二月版；

《汪曾祺散文随笔选集》，沈阳出版社一九九三年六月版；

《菰蒲深处》，浙江文艺出版社一九九三年六月版；

《榆树村杂记》，中国华侨出版社一九九三年九月版；

《草花集》，成都出版社一九九三年九月版；

《汪曾祺文集》（五卷），江苏文艺出版社一九九三年九月版；

《塔上随笔》，群众出版社一九九三年十一月版；

《中国当代名人随笔·汪曾祺卷》，陕西人民出版社一九九三年十二月版；

《矮纸集》，长江文艺出版社一九九六年三月版；

《逝水》，中国青年出版社一九九六年三月版；

《独坐小品》，宁夏人民出版社一九九六年十一月版；

《去年属马》，北京燕山出版社一九九七年八月版；

《中国当代才子书·汪曾祺卷》，长江文艺出版社一九九七年九月版；

《汪曾祺全集》（八卷），北京师范大学出版社一九九八年八月版；

《汪曾祺全集》（十二卷），人民文学出版社二〇一九年一月版。

题注中只列上述书名，不另标注出版时间和出版社名；《汪曾祺全集》以"北师大版"和"人民文学版"作为区分。

虽已竭尽全力，本书仍可能存在各种问题，期待读者诸君批评指谬。

《汪曾祺别集》编辑委员会

二〇一九年十二月六日

总　序

　　别集，本来是汪曾祺为老师沈从文的一套书踅摸出的名字，如今用到了他的作品集上。这大概是老头儿生前没想到的。

　　沈先生的夫人张兆和在《沈从文别集》总序中说："从文生前，曾有过这样愿望，想把自己的作品好好选一下，印一套袖珍本小册子。不在于如何精美漂亮，不在于如何豪华考究，只要字迹清楚，款式朴素大方，看起来舒服。本子小，便于收藏携带，尤其便于翻阅。"这番话，用来描述《汪曾祺别集》的出版宗旨，也十分合适。简单轻便，宜于阅读，是这套书想要达到的目的。当然，最好还能精致一点。

　　这套书既然叫别集，似乎总得找出点有"别"于"他集"的地方。想来想去，此书之"别"大约有三：

一是文字总量有点儿不上不下。这套书计划出二十本，约二百万字。比起市面上常见的汪曾祺作品选集，字数要多出不少，收录文章数量自然也多，而且小说、散文、文学评论、剧本、书信等各种体裁作品全有，可以比较全面地反映他的创作风格。若是和人民文学出版社新近出版的《汪曾祺全集》相比，《别集》字数又要少许多。《全集》有十二卷，约四百万字，是《别集》的两倍，还收录了许多老头儿未曾结集出版的文章。不过，《全集》因为收文要全，也有不利之处，就是一些文章的内容有重复，特别是老头儿谈文学创作体会的文章。汪曾祺本不是文艺理论家，但出名之后经常要四处瞎白话儿，车轱辘话来回说，最后都收进了《全集》。这也是没办法的事情。《别集》则可以对文章进行筛选，内容会更精当些。就像一篮子菜，择去一部分，品质总归会好一点儿。

二是编排有点儿不伦不类。这套书在每一本的最前面，大都要刊登老头儿几篇与本书有点儿关联的文章，有书信，有序跋，还有他被打成右派的"罪证"和下放劳动时写的思想汇报。在正文之前添加这些"零碎儿"，可以让读者从多个角度了解汪曾祺其文其人。这种方式算不得独创，《沈从文别集》就是这么编排的，只是一般书很少这么做。也算是一别吧。

　　再有一点，是编者有点儿良莠不齐。这套书的主持者，以五十岁左右的中年人居多，他们大都对汪曾祺的作品有着深入了解，也编过他的作品集。有的当年常和老头儿一起喝酒聊天，把家里存的好酒都喝得差不多了；有的是专攻现当代文学的博士；有的被评为"第一汪迷"；有的参加过《汪曾祺全集》的编辑；有的对他的戏剧创作有专门研究……这些人能够聚在一起编《汪曾祺别集》，质量当然有保证。其中也有跟着混的，北京话叫"塔儿哄"，就是汪曾祺的孙女和外孙女。她们对老头儿的作品虽然有所了解，但是独立编书还差点儿火候。好在大事都有专家把控，她们挂个名，跟着敲敲边鼓，不至于影响《别集》的质量。

　　这套《汪曾祺别集》是好是坏，还要读者说了算。

汪　朗

二〇一九年十月二十五日

目　录

四时佳兴

《汪曾祺小品》自序

　　我没有想过把我写的非小说散文归一归类，没想过哪些算是小品文，哪些不算。我在写作的时候，思想里甚至没有浮现过"小品文"这个名词。什么是"小品文"，也很难界定。

　　提起"小品文"很容易让人想起"晚明小品"。"晚明小品"是特定的历史时期的产物，是一种文化现象、社会现象，反映了明季的知识分子的心态。其次才是在文体方面的影响。我们现在说"晚明小品"，多着重在其文体，其实它的内涵要更深更广得多。我们今天所说的"小品"和"晚明小品"有质的不同。可以说"小品文"这个概念不是从"晚明小品"沿袭来的。西班牙的阿左林的一些充满

────────────
＊初收于《汪曾祺小品》。

人生智慧的短文，其实是诗，虽然也叫做小品。现在所说的"小品文"的概念是从英国的 Essay 移植过来的。Essay 亦称"小论文"，是和严肃的学术著作相对而言的。小品文对某个现象，某种问题表示一定的见解。《辞海》说小品文往往"夹叙夹议的讲一些道理"是对的。这些见解不一定深刻，但一定要是个人的见解。我现在就按照这样的标准来编选这本书。

我没有研究过现代文学史，但觉得小品文在中国的名声似乎不那么好。其罪名是悠闲。中国现代小品文的兴起，大概是在三十年代。其时正是强邻虎视，国事蜩螗的时候，悠闲总是不好。悠闲使人脱离现实，使人产生消极的隐逸思想。有人为之辩护，说这是"寄沉痛于悠闲"，骨子里是积极的，是有所不为的。这自然也有道理。但是总还是悠闲。其实悠闲并没有什么错，即使并不寄寓沉痛。因为怕被人扣上悠闲的帽子，四十年代写小品文的就不多，五十年代简直就没有什么人写了。"小品文"一直带着洗不清的泥渍，若隐若现。小品文的重新"崛起"，是近十年的事。这是因为什么呢？

小品文崛起这个文学现象，是和另一个更大的文学现象，即散文的振兴密不可分的。小品文是散文的组成部分，如果其他散文体裁不兴旺，只是小品文一枝独秀，是不可能的。为什么读者对散文感兴趣？我在《蒲桥集》再版后记中说："这大概有很深刻、很复杂的社会原因和文学原因。生活的不安定是一个原因。喧嚣扰攘的生活使大家的心情变得很浮躁，很疲劳，活得很累，他们需要休息，'民亦劳止，汔可小休'，需要安慰，需要一点清凉，一点宁静，或者像我以前说过的那样，需要'滋润'。"小品文可以使读者得到一点带有文化气息的，健康的休息。小品文为人所爱读，也许正因为悠闲。小品文可以使读者增长一点知识，虽然未必有用。至于其中所讲的"道理"，当然是可听可不听的。

在小品文的作者自己，是可以有点事做。独居终日，无所事事，总不是事。写写小品文，对宇宙万汇，胡思乱想一气，可以感觉到自己像个人似的活着，感到自己的存在。写小品文对自己的思想是个磨练，流水不腐，可以避免思想僵化。人不可懒，尤其不可懒于思想，如果能保持对事物的新鲜感，思想敏锐，亦是延年却老之一法。人是得有点事做，孔子曰："不有博弈者乎，为之犹贤乎已"。另外，为了写小品文，有时就得翻翻资料，读一点书。朱光潜先生曾说过：为了写文章而读书，比平常读书，可以读得更深，是经验之谈。朱自清先生曾把他的书斋命名为"犹贤博弈斋"，魏建功先生曾名他的书斋为"学无不暇籁"。学无不暇，贤于博弈，是我写小品文的态度。

是为序。

一九九二年四月二十二日

《中国当代名人随笔·汪曾祺卷》序

我已经出过两个散文集。有一个小品文集正在付印。在编这个集子的同时，又为另一出版社编一本比较全面的散文选。那么，这个集子怎么编法呢？为了避免雷同互见太多，确立了这样一些原则：

游记不选；

纪念师友的文章不选；

文论不选；

抒情散文不选。

剔除了这几点，剩下的，也许倒有点像个随笔集了。

是为序。

---

* 初收于《中国当代名人随笔·汪曾祺卷》。

《独坐小品》自序

　　我的孙女两岁多的时候（她现在已经九岁了），大人问她长大了干什么，她说："当作家。"——"什么是作家？"——"在家里坐着呗。"她大概看我老是坐着，故产生这样的"误读"。

　　我家有一对老沙发，还是我岳父手里置的，已经有好几十年，面料换了不止一次，但还能坐。坐在老沙发里和坐在真羊皮面新沙发里感觉有所不同。

　　我不能像王维"独坐幽篁里"那样的潇洒，也不是"今者吾丧我"那样地块然枯坐，坐着，脑子里总会想一点事。东想想，西想想，情绪、思想、形象就会渐渐清晰起来，这就是通常所说的构思。我的儿女们看到我坐在

──────────

　　*初收于《独坐小品》。

沙发里"直眉瞪眼"，就知道我在捉摸一篇小说。到我考虑成熟了，他们也看得出来，就彼此相告："快点，快点，爸爸有一个蛋要下了，快给他腾个地方！"——我们家在甘家口住的时候，全家五口人只有一张三屉桌，老伴打字，孩子做作业，轮流用这张桌子。到我要下蛋的时候，他们就很自觉地让给我。我的小说大都是这样写出来的。

这二年我写小说较少，散文写得较多。写散文比写小说总要轻松一些，不要那样苦思得直眉瞪眼。但我还是习惯在沙发里坐着，把全文想得成熟了，然后伏案著笔。

这些散文大都是独坐所得，因此此集取名为《独坐小品》。

近二三年散文忽然兴旺起来，报刊发表散文多了，有些刊物每年要发一期散文专号，出版社也愿意出散文集，据说是散文现在走俏，行情好，销得出去，这事有点怪。这是很值得研究的文学现象。

与此有关的还有一种现象，是这些年涌现的散文作家多半是两种人：一是女性作家，一是老人，为什么？

女作家的感情、感觉比较细，比较清新，这是散文写作所需要的。老年写散文的多起来，除了因为"庾信文章老更成"，老年人的文笔比较成熟，比较干净，较自然，少做作，还因为老人阅历多一些，感慨较深，寄兴稍远。

另外就是书读得比较多。说得更明白一些，就是老作家的散文比较有文化气息。大部分老作家的散文可以归入"学者散文"一类，有人说散文是老人的文体，这话似有贬意，即有些老作家的散文比较干枯，过于平直，不滋润，少才华。这也是实情。我今亦老矣，当以此为戒。

一九九三年三月二十六日

　　　　　　　　　　　　　　　　四时佳兴

《矮纸集》题记

　　小说集的编法大体不外两种。一种是以作品发表（成集）的先后为序；一种是以主题大体相近的归类。我这回想换一个编法：以作品所写到的地方背景，也就是我生活过的地方分组。编完了，发现我写的最多的还是我的故乡高邮，其次是北京，其次是昆明和张家口。我在上海住过近两年，只留下一篇《星期天》。在武汉住过一年，一篇也没有留下。作品的产生与写作的环境是分不开的。

　　这部小说集选写高邮的二十篇，写昆明的四篇，写上海的一篇，写北京的八篇，写张家口的三篇，共计三十六篇，依序编排。

　　陆放翁诗云："矮纸斜行闲作草，晴窗细乳戏分茶。"

　　＊初收于《矮纸集》。

我很喜欢这两句诗，因名此集为《矮纸集》。"闲作草"、"戏分茶"，是一种闲适的生活。有一位作家把我的作品归于"闲适类"，我不能辞其咎。但我并不总是很闲适，有时甚至是愤慨的，如《天鹅之死》。明眼人不难体会到。

关于方法，我觉得有一个现实主义、一个浪漫主义，顶多再有一个现代主义，就够了。有人提出"新写实"、"新状态"、"后现代"，花样翻新，使人眼花缭乱。我觉得写小说首先得把文章写通。文字不通，疙里疙瘩，总是使人不舒服。搞这个主义，那个主义，让人觉得是在那里蒙事，或者如北京人所说"耍花活"，不足取。

一九九五年六月记于北京

四时佳兴

只可自怡悦，不堪持赠君
——《中国当代才子书·汪曾祺卷》自序

　　我本来不赞成用"当代才子书"作为这一套书的总名，觉得这有点大言不惭、自我吹嘘的味道。野莽的主意已定，不想更改，只好由他摆布，即便引起某些人的侧目，也只好不说什么。

　　"才子"之名甚古，《左传·文公十八年》云"昔高阳氏有才子八人。"这里的"才子"指德才兼备之士。称有才的文士为"才子"始于唐朝。《新唐书·元稹传》："稹尤长于诗，与白居易名相埒……宫中呼为'元才子'。"宋人称为才子者不多。元、明始盛行。最有代表性的是唐伯虎。"才子"往往与"风流"相连，多放浪形骸，不拘礼法，喜

　　＊初刊于《当代作家》一九九七年第三期，初收于《中国当代才子书·汪曾祺卷》。

欢女人，亦为女人所喜欢，"才子"与"佳人"是"天生的好一对儿"，"才子佳人信有之"，唐伯虎可称才子魁首，他不是点过秋香么？"才子书"大概是金圣叹兴起来的。他把他评点的书称为"才子书"，从第一才子书直至第九才子书。他的选择是有具眼的。野莽编的这一套书称得起是"才子书"么？别人不知道，我是愧不敢当的。

这套书的编法有点特别，是除了文学作品外，还收入了作者们的字画，而作者又大都无官职。"三绝诗书画，一官归去来。"从这一点说，叫做"当代才子书"亦无不可。

我的字应该说还是有点功力的。我写过裴休的"圭峰定慧禅师碑"、颜真卿的《多宝塔》、写过相当长时期《张猛龙》、褚河南的《圣教序》。后来读了一些晋唐人法帖及宋四家的影印真迹。我有一个时期爱看米芾的字，觉得他的用笔虽是"臣书刷字"，而结体善于"侵让"，欹侧取势，姿媚横生。后来发现米字不宜多看，多看则易受影响，以至不能自拔。然而没有办法。到现在我的字还有米字的霸气。我并不喜欢黄山谷的字，而近年作字每多长撇大捺，近乎做作。我没有临过瘦金体，偶尔写对联，舒张处忽有瘦金书味道。一个人写过多种碑帖，下笔乃成大杂烩，中年书体较丰腴，晚年渐归枯硬，这说明我确实老了。

我学画无师承，我父亲是画家，但因为在高邮这么个小地方，见过的名家真迹较少，仅为"一方之士"，很难说是大家。他作画时我总是站在一边看，受其熏陶，略知用笔间架。小时我倒是"以画名"的，高中以后，因为数理化功课紧，除了壁报上的刊头，就很少拈画笔了。大学，和以后教中学，极少画画，因无纸笔。再以后当编辑，没有人知道我会画几笔画。当右派以后我倒在一个农业科学研究所画了两套画页，《中国马铃薯图谱》和《口蘑图谱》！一直到"文化大革命"结束后，给我立了专案，让我交代和江青的关系，整天写检查，写了好些"车轱辘话"。长日无聊，我就买了一刀元书纸，作画消遣。不想被一位搞舞美的同志要去裱了，于是画名复振，一发不可收。我很同意齐白石所说：作画太似则为媚俗，不似则为欺世，因此所画花卉多半工半写。我画不了大写意，也不耐烦画工笔。我最喜欢的画家是徐青藤、陈白阳。我的画往好里说是有逸气，无常法。近年画用笔渐趋酣畅，布色时成鲜浓，说明我还没有老透，精力还饱满，是可欣喜也。我的画也正如我的小说散文一样，不今不古，不中不西。

　　关于我的散文、小说，已有不少人写过评论，故不及。

一九九七年三月十四日

致黄裳[1]　一九八三年六月十七日

黄裳兄：

　　来信收到。真是很久不见了！从你的文章产量之多，可以想见身体不错，精力饱满，深以为慰。

　　很想来看你。但我后日即将应张家口之邀，到彼"讲学"，明日须到剧院请假，并要突击阅读张家口市青年作者的小说（约有三十篇），抽不出时间，只好等以后有机会再晤谈了。——张家口这回有点近于绑票，事情尚未最后谈妥，他们已经在报上登了广告，发了票，我只好如期就范！

　　我的小说选印出后即想寄给你，因为不知道你现在通讯处，拖下来了。兹请运燮兄转奉一册，即乞指教。

　　同时附上拙画一幅。我的画你大概还没见过吧？这一幅我自己觉得很不错，不知你以为如何！

　　我近期发现肝脏欠佳，已基本上不喝白酒。异日相逢，喝点黄酒还可以。

　　即候

　　1　黄裳（一九一九—二〇一二），原名容鼎昌，祖籍山东益都（今青州）。散文家、藏书家、高级记者。曾任《文汇报》记者、编辑、编委等职，在戏剧、新闻、出版领域均有建树。

暑安！

曾祺　顿首

十七日

致古剑[1]　一九八五年十一月二十三日

古剑兄：

　　几次来信均收到，照片亦收到。嘱书张问陶诗写得，寄上。我小时候刻过图章，久已生疏，腕弱不能执刀，且并刻刀亦无一把，因此刻闲章之命不能应承。然如偶有机缘重新操刀，或当为兄一"奏"。但恐难于黄河清耳。北京前日已飘小雪，香港想当仍燠热。曾寄施叔青书二册并一斗方画水仙，便中问问她收到没有。即候文安！

汪曾祺　顿首　十一月廿三日

　　1　古剑，一九三九年生，原名辜健，祖籍福建泉州，生于马来亚。一九六一年毕业于华东师范大学中文系，一九七四年至香港，历任《新报》、《东方日报》、《华侨日报》副刊编辑，《良友画报》、《文学世纪》主编。

致王欢[1]、宋爱萍[2]　一九八六年六月九日

王欢、小宋：

恭喜你们生了个胖儿子！

名字我想了几个，你们挑吧：

王　玉　一般化，只是笔划少，好写。

王　虎　今年是虎年。

王　萱　现在正是萱草开花的时候。萱就是黄花菜。
　　　　古人以为萱草可以忘忧。这个字的字形不难
　　　　看，声音也还好听。

王芒种　孩子生芒种后一天。按节气说，现在还是芒
　　　　种阶段。这像个乡下孩子的名字。

为了怕你们要给孩子报户口，先想这几个。不合适，
我再想。

问好！

汪曾祺

六月九日

1　王欢，一九五八年生，河北唐山人，北京大学口腔医院儿童口腔科医师。

2　宋爱萍，一九五九年生，山东宁津人，北京建筑工人医院口腔科医师。

致王欢、宋爱萍　一九八六年六月十二日

王欢、爱萍：

画了一张画，祝贺你们"弄璋"。画的就是萱。我家里人说这张画画得不错，我自己也比较满意。本想去裱一裱，因不知道你们要装轴还是放在镜框里，没有裱。

令郎的名字还是你们自己起吧。我儿子说"萱"像个女人名字。其实不一定。唐朝的大画家张萱就是男的。

问好！

曾祺

六月十二日

致徐正纶[1]　一九八八年三月二十九日

徐正纶同志：

三月十八日信收到，你寄来《晚翠文谈》一本也收到。前一天编务室已寄来样书二十本，请转告编务室。

---

[1] 徐正纶，一九二八年生，浙江温州人，时任浙江文艺出版社副总编辑。

我想买二百本，好送人。请代办一下手续。所需书款，请于稿费中扣除。

一看版权页，印数只2700，我心里很不安，这本书无疑将使出版社赔钱。应该表示感谢的是我。我对浙江文艺出版社肯做这种赔本买卖，深致敬意。

出版社曾寄我一本"校正本"，我粗看了一遍，校出一些错字，另封寄上。总的说来，此书错字不多，我比较满意。

即候

时安！浙江还在闹肝炎否，祝无恙！

汪曾祺　顿首　三月二十九日

致彭匈[1]　一九八八年四月三日

彭匈同志：

前信悉。

关于加入全国作协事，问了唐达成，他说要：出过两

1　彭匈（一九四六—二〇一九），原名彭石生，祖籍江西吉安，生于广西平乐，曾任漓江出版社编辑、社长，广西人民出版社总编辑。

本作品；有两个会员介绍；经作协书记处开会通过。找两个会员介绍，易事耳，通过也不难。我以前没听说过要出过两本作品。你有已出的书么？没有两本，一本也行吧。如有请寄给我。

自选集出书有望否？书出请即寄我一本。我为作家出版社编一本散文选，较好的散文均已收入自选集中，而我手头已无剪存的报刊，须从自选集中复印。如果一时自选集不能出，能否把散文部分单独抽印一份？

自选集征订数惨到什么程度？我在浙江文艺出版社出了一本《晚翠文谈》，只印了2700册，出版社为此赔本，我心里很不安。漓江恐怕赔不了这个钱，早知如此，真不该出这本书。

黄河出版社未经我同意，已经出了那本书，我的孩子已在书店看到。我也不想再跟他们接触，随它去吧！

我的家乡要举行自选集发售仪式，让寄一份讲话录音磁带回去。我已写了稿，还未录制。

我五日到大同去，十号即回。

候著安！

汪曾祺　四月三日

致萧乾[1]　一九八九年九月六日

萧乾同志：

　　不知道你从南朝鲜回来没有。

　　听说你养乌龟，有这事么？

　　江苏的《东方记事》将改版，由北京的朱伟任特约编辑。他来找我谈了一次，拟开的栏目颇吸引人。其中有些富刺激性，如"灾难报告"（专报中国的灾难）、"文革研究"。也有比较中性的，如"两地书"（载海内外学者来往书信）。有一栏是专载文人的业余爱好的，他们原拟栏名为"兴趣和乐趣"，我为改名为"四时佳兴"。他们让我主持这个栏目。我想约你写一篇"养乌龟"，如何？

　　这个刊物将以知识分子为对象，他们希望办得高雅一些，像《大西洋》那样。希望你能支持。

　　"养乌龟"如不合适，可另改题目。

　　即候

时安

　　　　　　　　　　　　　　　　汪曾祺

　　1　萧乾（一九一○—一九九九），原名萧秉乾、萧炳乾，北京人，记者、作家、翻译家。历任中国作家协会理事、顾问，全国政协委员，中央文史馆馆长等。

九月六日

我的地址是　蒲黄榆路九号楼十二层一号。

电话：763874。

致王欢、宋爱萍　一九九〇年六月六日

王欢、小宋：

　　给你们画了十二张册页（术语谓三十二开）。

　　上次你们给我的裁好的纸，太小，纸质也薄，我现在只有"大白云"之类的羊毫笔，施展不开。倒也全画了，几乎都不满意，后来也不知道卷起来塞到什么地方去了。这十二开是用你们送来的"特级净皮"画的，笔、墨、色的效果较好。但这是 1×1（尺），在册页里是较大的。如果装裱，要相当费钱。怎样裱，你们可与裱画店商量。我觉得裱成一张一张的单页（同样大小）较好。不要裱成经折式的连在一起的一个横条。单页则可分可合，单看一张也行，几张放在一起看看也行。因为画幅较大，不要加很宽的绫边。各幅的绫边宜统一用一种颜色，不要一幅一种颜色。留了两张白纸，可以裱一个或两个白页，以备请人题跋。

裱这套册页，得相当多钱。不裱也罢，不要影响了王萱吃冰棍。

这一套册页，可以代表我七十岁的画风和功力（也考虑到你们正在青春，笔墨都较华艳），如果衰年变法，或当给你们再画一套。

曾祺　六月六日

致范用[1]　一九九二年六月二十八日

范用同志：

近读《水浒》一过，随手写了一些诗，录奉一笑。这样写下去，可写几百首。

曾祺　顿首

六月二十八日

1　范用（一九二三—二〇一〇），原名范鹤镛，曾用名大用，笔名叶雨，祖籍浙江镇海，生于江苏镇江。曾任人民出版社副社长、生活·读书·新知三联书店总经理。

读《水浒传》诗

街前紫石净无瑕，血染芳魂怨落花。
丽质天生难自弃，岂堪闭户弄琵琶。

潘金莲

六月初三下大雪，王婆卖得一杯茶。
平生第一修行事，不许高墙碍杏花。

王婆

凤凰踏碎玉玲珑，发髻穿心一点红。
乞得赦书真浪子，吹箫直出五云中。

燕青

枉教人称豹子头，忍随俗吏打军州。
当年风雪山神庙，弹泪频磨丈八矛。

林冲

桃脸佳人一丈青，如何屈杀嫁王英。
宋江有意摧春色，异代千年怨不平。

扈三娘

寿张县里静无哗，游戏何妨乔作衙。
非是是非凭我断，到来不吃一杯茶。

李逵

五台山上剃光头，一点胡髭也不留。
放火杀人难掐数，忽闻潮信即归休。

鲁智深

张郎且莫笑郭郎

我从小就爱看漫画。家里订了老《申报》,《申报》有杂文版,杂文版每天有一幅漫画,漫画的作者是杨清磬和丁悚。丁悚即丁聪的父亲,人称"老丁"。丁聪所以被称为"小丁",大概和他的令尊被称为"老丁"有关。杨清磬和丁悚好像是包了这块地盘,"轮流值班",一天不落。他们作画都很勤,而画风互异,一望而知。杨清磬用笔柔细飘逸,而丁悚则比较奔放老辣,于人事有较深的感慨。我曾经见过一张老丁的画,画面简练;一个人在扬袖而舞;另一人据案饮酒,神情似在对舞者嘲笑。画之右侧题诗一首:

＊初刊于一九九七年一月十日《南方周末》,为《四时佳兴》专栏文章;初收于北师大版《汪曾祺全集》第六卷。

张郎当筵笑郭郎，

　　笑他舞袖太郎当。

　　若教张郎当筵舞，

　　恐更郎当舞袖长。

　　不知道是谁的诗，是老丁自己的大作还是借用别人的？诗是通俗好懂的，但是很有意思，读起来也很好听，因此我看过就记住了，差不多过了七十年了，还记得。人的记忆也很怪。不过主要还是因为诗和画都好。

　　现在能画这样的画——笔意在国画和漫画之间，能题这样也深也浅，富于阅历的诗的画家似乎没有了。这样的画家要具备两个条件：一是得是画家，二是得是诗人。

　　我曾把老丁题画诗抄给小丁，他说他一点印象也没有，岂有此理！

　　小丁说他对老大人的画，一张也没有保留下来。我建议丁聪在其"家长"协助下，把丁悚的作品搜集搜集，出一本《丁悚画集》。这对丁悚是个纪念，同时也可供医学界研究小丁身上的遗传基因是怎样来的。

梨园古道

郝 寿 臣

郝寿臣被任命为北京市戏校校长，就任那天，要和学生讲话，由我书写一个讲稿，大意谓：旧社会艺人很苦，戏班不养老，不养小，有人一辈子挣大钱，临了却冻饿而死，倒卧街头，现在你们有这样好的条件，这样好的教室，这样好的宿舍，练功有地毯，教戏有那么好的老师，

＊初刊于《南方周末》，《郝寿臣》、《姜妙香》刊于一九九七年三月十四日，题为《梨园古道》，《萧长华》、《赵喇嘛》刊于一九九七年六月二十日，题为《梨园古道（续）》，《贯盛吉》刊于一九九七年七月十一日，题为《梨园古道（之三）》，为《四时佳兴》专栏文章；其中《郝寿臣》、《姜妙香》以《梨园古道——郝寿臣、姜妙香、谭富英》为题初收于《去年属马》，《郝寿臣》、《姜妙香》、《萧长华》、《贯盛吉》以《名优逸事》为题初收于北师大版《汪曾祺全集》第六卷。

你们应该感谢党，好好练功，好好学戏。郝老讲到这儿，情绪激动，把讲稿举起，一手指着讲稿，说："他说得真对呀！"台下学生噗哧一声，都笑了。

赞曰：

> 人代立言，
> 己不居功。
> 老老实实，
> 古道可风。

姜 妙 香

姜妙香人称姜圣人。

在北京，有一天晚上，姜先生赶了两包[1]坐洋车回家。冬天，洋车上遮了棉帘子。到西琉璃厂，黑影里蹿出一个人来，对拉车的喝叫一声："停！"洋车停了，又向车里喝了一声："下来！"姜先生下车。"把身上的钱都拿出来！"姜妙香从怀里掏出两个纸包，说："这是我今天挣的戏份[2]。这一包是长安的，这一包是华乐的，您点点。"

---

1 一个晚上在两个以上剧场参加演出，谓之"赶包"。
2 以前唱戏，都是当晚分发应得的报酬，即"戏份"。

另一次，在上海，姜先生遇见了"抄靶子（即劫道）"的，"站住！——把身浪厢值钱个物事才拿出来！[1]"姜先生把东西都交了出来，"抄靶子"的走了，姜先生在后面叫他："回来回来！"——"……?""我这儿还有一块表，你要不要？"

事后，他的学生问他："姜先生，您真是！他都走了，你还叫他回来，您这是干什么！"姜先生说："他也不容易呀！"

赞曰：

> 时时处处，
>
> 为人着想。
>
> 如此古风，
>
> 谁能摹仿?

萧 长 华

萧先生从不坐车，到哪里都是地下走。年轻时到颐和园当差，也都是走了去，走回来。他的儿子萧盛轩有一次坐了洋车回家，一看老爷子在前面走，赶快叫洋车停下。

1　这是上海话，译为普通话，即："把身上值钱的东西都拿出来！"

"还没有到呢!""给你钱,给你钱!"他自奉甚薄。到了儿子家,问"今儿吃什么?"——"芝麻酱拌面,浇点花椒油。"——"芝麻酱拌面,还要浇花椒油哇?"到天津演戏,自己开伙。一棵白菜,一切四瓣,一顿吃一瓣。他不是吝啬,有时花钱很大方。他买了块"义地",以安葬孤苦艺人。有演员的老人死了,办不了后事,到萧先生家磕一个头。"你估摸着得多少钱才能把事办了?"来人说了得多少,萧先生当即取钥匙开柜门,把钱如数给他。三反五反时,一个演员成了"老虎",在台上被斗得不可开交,非得叫他承认贪污了一个很大的数目不可,他就是不承认,于是棍棒交加,口号迭起。萧先生见了不忍,在台下大声说:"×××,你就承认了得了,——这钱我给你拿!"

赞曰:

巡步当车,菜根可咬,

鹤发童颜,古心古貌。

赵 喇 嘛

赵喇嘛给谭富英拉过胡琴,他拉胡琴有个特点:他是个左撇子，拉琴时左手执弓，右手摁弦。他不识字。解放初期，剧团组学习，学文化，学政治，各团都有辅导员。有一天，辅导员讲："列宁说过……"赵喇嘛问："列宁是谁？唱什么的？"——"列宁不是唱戏的。"——"不是唱戏的，那咱不知道！"

赞曰：

列宁虽大，于我何有！

卤煮小肠，天福酱肘。

贯 盛 吉

贯盛吉的念白很特别，一句的前几个字高念，越往下念得越低，最后像是很不情愿似的嘟囔了。这样高起低收的念白，人称"贯派"。他的表演有一种冷隽的美，程砚秋说他是"冷面小丑"，内行谓之"绷着脸儿逗"。他有严重的心脏病，家里早给他准备下寿衣了。有一天，他叫拿出来，穿上。拿镜子照照，说："就这德性呀？"他让家里请了和尚，在他床前放焰口，说："活着听焰口，你们谁干过？"有一天，他的病急剧发作，家里忙着准备后事了，他说："你们别忙活，今儿我不走，外头下雨，我没有伞。"

　　赞曰：

　　　　无伞不走，拿死开逗。

　　　　妙法莲华，玲珑剔透。

　　　　　　　　　　　　一九九七年一月二十日

　　　　　　　　　　　　　　四时佳兴

潘天寿的倔脾气

潘天寿曾到北京开画展，《光明日报》出了一版特刊，刊头由康生题了两行字：

> 画师魁首
>
> 艺苑班头

这使得很多画家不服。

过了几年，"文革"开始，"金棍子"姚文元对潘天寿进行了大批判，称之为"反革命画家"。

康生和姚文元都是"无产阶级司令部"管意识形态的，一前一后，对潘天寿的评价竟然如此悬殊，实在令人难解。康生后来有没有改口，没听说，不过此人善于翻云覆

＊初刊于一九九七年二月十四日《南方周末》，为《四时佳兴》专栏文章；初收于北师大版《汪曾祺全集》第六卷。

雨，对他说过的话常会赖账，姑且不去管他。姚文元只凭一个画家的画就定人为"反革命"，下手实在太狠了。姚文元的批判文章很长，不能悉记，只约略记得说从潘天寿的画来看，他对现实不满，对新社会有刻骨的仇恨等等。

姚文元的话不是一点"道理"没有，潘天寿很少画过歌功颂德的画（偶尔也有，如《运粮图》）。他的画有些是"有情绪"的，他用笔很硬，构图也常反常规，他的名作《雁荡山花》用平行构图，各种山花，排队似的站着，不敧侧取势；用墨也一律是浓墨勾勒，不以浓淡分远近，这些都是画家之大忌。山花茎叶瘦硬，真是"山花"，是在少雨露、多沙砾的恶劣环境的石缝中挣扎出来的。然而这些花还是火一样、靛一样使劲地开着，显出顽强坚挺的生命力，这样的山花使一些人得到鼓舞，也使一些人觉得不舒服，——如姚文元。

潘天寿画鸟有个特点。一般画鸟，鸟的头大都是朝着画里，对娇艳的花叶流露出欣喜和感激；潘天寿的鸟都是眼朝画外，似乎愤愤不平，对画里的花花世界不屑一顾。

在展览会上见过他的一幅雏鸡图，题曰"×× 农场所见"。这是一只半大的雏公鸡，背身，羽毛未丰，肌肉鼓突，一只腿上拖了一只烂草鞋。看了，使人感到这一只小公鸡非常别扭。说潘天寿此画是有感而发，感同身受，我想这不为过分。

姚文元对这样的画恨之入骨，必欲置潘天寿于死地，说明这个既残忍又懦弱的阴谋家还是敏感的。

问题是在画里略抒愤懑，稍发不平之气，可以不可以？

不要使画家都变成如意馆的待诏[1]。

1　清代御用画家的一种名称。

谭富英佚事

谭富英有时很"逗"，有意见不说，却用行动表示。他嫌谭小培给他的零花钱太少了，走到父亲跟前，摔了个硬抢背。谭小培明白，富英的意思是说：你给我的钱太少，我就摔你的儿子！五爷（谭小培行五，梨园行都称之为五爷）连忙说："哎呀儿子！有话你说！有话说！别这样！"梨园行都说谭小培是个"有福之人"。谭鑫培活着时，他花老爷子的钱；老爷子死了，儿子富英唱红了，他把富英挣的钱全管起来，每月只给富英有数的零花。富英这一抢背，使他觉得对儿子克扣得太紧，是得给长长

---

　　*初刊于一九九七年三月五日《北京晚报》，加副题"梨园古道之四"刊于一九九七年八月八日《南方周末》，为《四时佳兴》专栏文章；以《梨园古道——郝寿臣、姜妙香、谭富英》为题初收于《去年属马》。

份儿。

有一年，在哈尔滨唱。第二天谭富英要唱的是重头戏，心里有负担，早早就上了床，可老睡不着。同去的有裘盛戎。他第二天的戏是一出"歇工戏"。盛戎晚上弄了好些人在屋里吃涮羊肉，猜拳对酒，喊叫喧哗，闹到半夜。谭富英这个烦呀！他站到当院唱了一句倒板："听谯楼打九更……""打九更"？大伙一愣，盛戎明白，意思是都这会儿了，你们还这么吵嚷！忙说："谭团长有意见了，咱们小点儿声，小点儿声！"

有一个演员，练功不使劲，谭富英看了摇头。这个演员说："我老了，翻不动了！"谭富英说："对！人生三十古来稀，你是老了！"

谭富英一辈子没少挣钱，但是生活清简。一天就是蜷在沙发里看书，看历史（据说他能把二十四史看下来，恐不可靠），看困了就打个盹，醒来接着再看，一天不离开他那张沙发。他爱吃油炸的东西，炸油条、炸油饼、炸卷果，都欢喜（谭富英不说"喜欢"，而说"欢喜"）。爱吃鸡蛋，炒鸡蛋、煎荷包蛋、煮鸡蛋，都行。抗美援朝时，他到过朝鲜，部队首长问他们生活上有什么要求？他说想吃一碗蛋炒饭。那时朝鲜没有鸡蛋，部队派吉普车冒着炮火开到丹东，才弄到几个鸡蛋。为此，有人在"文革"中又提起这事。谭富英跟我小声说:"我哪儿知道几个鸡蛋要冒这样的危险呀! 知道,我就不吃了!"谭富英有个"三不主义":不娶小、不收徒、不做官。他的为人,梨园行都知道。反党野心家江青对此也了解,但在"文革"中,她却要谭富英退党(谭富英是老党员了)。江青劝退,能够不退吗? 谭富英把退党是很当回事的。他生性平和恬淡,宠辱不惊,那一阵可变得少言寡语,闷闷不乐,很久很久,都没有缓过来。

谭富英病重住院。他原有心脏病,这回大概还有其他病并发,已经报了"病危",服药注射,都不见效。谭富英知道给他开的都是进口药,很贵,就对医生说:"这药留给别人用吧! 我用不着了!"终于与世长辞,死得很安静。

赞曰:

生老病死,全无所谓。

抱恨终生,无端"劝退"。

才子赵树理

赵树理是个高个子。长脸。眉眼也细长。看人看事，常常微笑。

他是个农村才子。有时赶集，他一个人能唱一台戏。口念锣鼓，拉过门，走身段，夹白带做还误不了唱。他是长治人，唱的当然是上党梆子。他在单位晚会上曾表演过。下班后他常一个人坐在传达室里，用两个指头当鼓箭，敲打锣鼓，如醉如痴，非常"投入"。严文井说赵树理五音不全。其实赵树理的音准是好的，恐怕倒是严文井有点五音不全，听不准。不过是他的高亢的上党腔实在有点吃他不消？他爱"起霸"，也是搓手舞脚，看过北京的

---

* 初刊于一九九七年五月九日《南方周末》，为《四时佳兴》专栏文章；初收于北师大版《汪曾祺全集》第六卷。

武生起霸，再看赵树理的，觉得有点像螳螂。

他能弹三弦，不常弹。他会刻图章，我没有见过。他的字写得很好，是我见过的作家字里最好的，他的小说《金字》写的大概是他自己的真事。字是欧字底子，结体稍长，字如其人。他的稿子非常干净，极少涂改。他写稿大概不起草。我曾见过他的底稿，只是一些人物名姓，东一个西一个，姓名之间牵出一些细线，这便是原稿了，考虑成熟，一气呵成。赵树理衣着不讲究，但对写稿有洁癖。他痛恨人把他文章中的"你"字改成"妳"字（有一个时期有些人爱写"妳"字，这是一种时髦），说："当面说话，第二人称，为什么要分性别？——'妳'也不读'你'！"他在一篇稿子的页边批了一行字："排版校对同志请注意，文内所有'你'字，一律不准改为'妳'，否则要负法律责任。"这篇稿子是经我手发的，故记得很清楚。

赵树理是《说说唱唱》副主编，实际上是执行主编。他是负责发稿的。有时没有好稿，稿发不出，他就从编辑部抱了一堆稿子回屋里去看，不好，就丢在一边，弄得一地都是废稿。有时忽然发现一篇好稿，就欣喜若狂。他说这种编辑方法是"绝处逢生"。陈登科的《活人塘》就是这样发现的。这篇作品能够发表也真有些偶然，因为稿子有许多空缺的字和陈登科自造的字，有一个"冇"字，大家都猜不出，后来是康濯猜出来了，是"趴"，馬（马的繁体字）没有四条腿，可不是趴下了？写信去问陈登科，果然！

有时实在没有好稿，康濯就说："老赵，你自己来一篇吧！"赵树理关上门，写出了一篇名著《登记》（即《罗汉钱》）。

赵树理吃食很随便，随便看到路边的一个小饭摊，坐下来就吃。后来是胡乔木同志跟他说："你这么乱吃，不安全，也不卫生。"他才有点选择。他爱喝酒。每天晚上要到霞公府间壁一条胡同的馄饨摊上，来二三两酒，一碟猪头肉，吃两个芝麻烧饼，喝一碗馄饨。他和老舍感情很好。每年老舍要在家里请市文联的干部两次客，一次是菊花开的时候，赏菊；一次是腊月二十三，老舍的生日。赵树理必到，喝酒，划拳。老赵划拳与众不同，两只手出拳，左右开弓，一会儿用左手，一会儿用右手。老舍摸不清老赵的拳路，常常败北。

赵树理很有幽默感。赵树理的幽默和老舍的幽默不同。老舍的幽默是市民式的幽默，赵树理的幽默是农民式的幽默。他常常想到一点什么事，独自咕咕地笑起来，谁也不知道他笑的什么。他爱给他的小说里的人起外号：翻得高、糊涂涂（均见《三里湾》）……他写的散文中有一个国民党小军官爱训话，训话中爱用"所以"，而把"所以"联读成为"水"，于是农民听起来很奇怪：他干嘛老说"水"呀？他写的《催租吏》为了"显派"，戴了一副红玻璃的眼镜，眼镜度数不对，他就这样深一脚浅一脚地在农村的土路上走。

他抨击时事，也往往以幽默的语言出之。有一个时期，很多作品对农村情况多粉饰夸张，他回乡住了一阵，回来作报告，说农村情况不像许多作品那样好，农民还很苦，城乡差别还很大，说，我这块表，在农村可以买五头毛驴，这是块"五驴表！"他因此受到批评。

赵树理的小说有其独特的抒情诗意。他善于写农村的爱情，农村的女性，她们都很美，小飞蛾（《登记》）是这样，小芹（《小二黑结婚》）也是这样，甚至三仙姑（《小二黑结婚》）也是这样。这些，当然有赵树理自己的感情生活的忆念，是赵树理的初恋感情的折射。但是赵树理对爱情的态度是纯真的，圣洁的。

××市文联有一个干部×××是一个一贯专搞男女关系的淫棍。他的乱搞简直到了不可想象的地步。他很注意保养，每天喝一大碗牛奶。看传达室的老田在他的背后说："你还喝牛奶，你每天吃一条牛也不顶！"×××和一个女的胡搞，用赵树理的大衣垫在下面，把赵树理的一件貂皮领子礼服呢面的狐皮大衣也弄脏了。赵树理气极了，拿了这件大衣去找文联副主席李伯钊，说："这是怎么回事！"事隔多日，老赵调回山西，大家送他出门，老赵和大家一一握手。×××也来了，老赵趴在地下给×××磕了一个头，说："×××我可不跟你在一起了！"

面　茶

　　面茶和茶汤是两回事，虽然原料可能是一样的，都是糜子面。茶汤是把糜子面炒熟，放在碗里，从烧得滚开的大铜壶嘴里倒出开水，浇在碗里，即得。卖茶汤的"茶汤李"、"茶汤陈"……的摊子上都有一把很大的紫铜大壶，擦得锃亮，即"茶汤壶"。有的铜壶嘴是龙头的，龙头上还缀了两个鲜红的小绒球，称为"龙嘴大茶汤壶"。大茶汤壶常是传了几代的，制作精工，是摊主的骄傲。茶汤有什么好吃？有点糜子香，如此而已。有的在茶汤里加了核桃仁、青梅、葡萄干、青红丝……称为"八宝茶汤"，也只是如此而已。北京人、天津人爱喝茶汤，我对他们的感

　　＊初刊于一九九七年九月五日《南方周末》，为《四时佳兴》专栏文章；初收于北师大版《汪曾祺全集》第六卷。

情不能理解，只能说这是一种文化积淀。面茶是糊糊状的，颜色嫩黄，盛满一碗，洒芝麻盐，以手托碗，转着圈儿喝，——会喝茶汤的不使勺筷，都是转着碗喝。这东西有什么好喝的？有一点芝麻盐的香味，如此而已。熬面茶的锅也是铜锅，也都是擦得锃亮的。这种锅就叫做"面茶锅"。

面茶锅里是不能煮什么别的东西的，但是北京人却于想象中在面茶锅里煮各种东西。

"面茶锅里煮元宵，——混蛋。"

我在昆明时曾在一中学教学，这中学是西南联大同学办的，主持校务的是两个同学，他们自任为校长和教导主任。教员也都是联大同学。学校无经费，学期开始时收的一点学生交的学费，很快就叫他们折腾光了，教员的薪水发不出。他们二位四处活动，仍是没有办法，只能弄到一点买米的钱，能使教员开出饭来。菜，实在对不起，于是我们就挖野菜——灰菜、野苋菜、扫帚苗……用一点油滑锅，哗啦一声把野菜倒在锅里，半生不熟，即以就饭。有时他们说是有办法了，等他们进城活动活动，回来就可以发一点钱。不料回来时依旧两手空空。教员生气了，骂他们是混蛋，是面茶锅里煮的球：一个是"面茶锅里煮铁球，——混蛋到底带砸锅"；一个是"面茶锅里煮皮球，——说你混蛋你还一肚子气"！当然面茶锅里是不能煮球的，不论是皮球还是铁球，教员们不过是于无可奈何之中用此形象的语言以泄愤耳。

如果单说"面茶"，不煮什么东西，意思是糊涂。

"文化大革命"来了，谁都不知道是怎么回事。剧团尤其是这样。演员队党小组开会，有一个党员说外面有些单位已经夺权，咱们也应该夺权。他以为党委应该把权交出来，主动下台。另一党员，党小组组长，认为不对，指着主张夺权的党员的鼻子说："群众面茶，你也面茶？！"其实他自己倒真面茶。他领导小组学习，读报，读到"美帝国主义陷于一片癫疮……"大家有些奇怪。拿过报纸看看，原来不是"一片癫疮"，而是"一片瘫痪"。又有一次，他读毛主席诗词，把"战士指看南粤，更加郁郁葱葱"读成"更加悠悠忽忽"。

然而他是共产党员。

一九九七年三月七日

唐立厂先生

唐立厂先生名兰，"立厂"是兰的反切。离名之反切为字，西南联大教授中有好几位。如王力——了一。这大概也是一时风气。

唐先生没有读过正式的大学，只在唐文治办的无锡国学馆读过，但因为他的文章为王国维、罗振玉所欣赏，一夜之间，名满京师。王国维称他为"青年文字学家"。王国维岂是随便"逢人说项"者乎？这样，他年轻轻地就在北京、辽宁（唐先生谓之奉天）等大学教了书。他在西南联大时已经是教授。他讲"说文解字"时，有几位已经很

＊初刊于一九九七年八月十五日《安徽青年报》，又刊于一九九七年九月十九日《南方周末》，为《四时佳兴》专栏文章；初收于北师大版《汪曾祺全集》第六卷。

有名的教授都规规矩矩坐在教室里听。西南联大有这样一个好学风：你有学问，我就听你的课，不觉得这有什么丢人。唐先生对金文甲骨都有很深的研究。尤其是甲骨文。当时治甲骨文的学者号称有"四堂"：观堂（王国维）、雪堂（罗振玉）、彦堂（董作宾）、鼎堂（郭沫若），其实应该加上一厂（唐立厂）。难得的是他治学无门户之见。郭沫若研究古文字是自学，无师承，有些右派学者看不起他，唐立厂独不然，他对郭沫若很推崇，在一篇文章中说过："鼎堂导夫先路"，把郭置于诸家之前。他提起郭沫若总是读其本字"郭沫若"，沫音妹，不读泡沫的沫。唐先生是无锡人，说话用吴语，"郭"、"若"都是入声，听起来有一种特殊的味道，让人觉得亲切。唐先生说诸家治古文字是手工业，一个字一个字地认，他是小机器工业。他认出一个"斤"字，于是凡带斤字偏旁的字便都迎刃而解，一认一大批。在当时认古文字数量最多的应推唐立厂。

唐先生兴趣甚广，于学无所不窥。有一年教词选的教授休假，他自告奋勇，开了词选课。他的教词选实在有点特别。他主要讲《花间集》，《花间集》以下不讲。其实他讲词并不讲，只是打起无锡腔，把这首词高声吟唱一遍，然后加一句短到不能再短的评语。

"'双鬓隔香红啊，玉钗头上风。'——好！真好！"

这首词就算讲完了。学生听懂了没有？听懂了！从他的做梦一样的声音神情中，体会到了温飞卿此词之美了。讲是不讲，不讲是讲。

唐先生脑袋稍大，一年只理两次发，头发很长，他又是个鬖发，从后面看像一只狻猊，——就是卢沟桥上的石狮子，也即是耍狮子舞的那种狮子，不是非洲狮子。他有一阵住在大观楼附近的乡下。请了一个本地的女孩子照料生活，洗洗衣裳，做饭。唐先生爱吃干巴菌，女孩子常给他炒青辣椒干巴菌。有时请几个学生上家里吃饭，必有这一道菜。

唐先生有过一段 Romance，他和照料他生活的女孩子有了感情，为她写了好些首词。他也并不讳言，反而抄出来请中文系的教授、讲师传看。都是"花间体"。据我们系主任罗常培说："写得很艳！"

唐先生说话无拘束，想到什么就说。有一次在系办公室说起闻一多、罗膺中（庸），这是两个中文系上课最"叫座"的教授。闻先生教楚辞、唐诗、古代神话，罗先生讲杜诗。他们上课，教室里座无虚席，有一些工学院学生会从拓东路到大西门，穿过整个昆明城赶来听课。唐立厂当着系里很多教员、助教，大声评论他们二位："闻一多集穿凿附会之大成；罗膺中集啰唆之大成！"他的无锡语音使他的评论更富力度。教员、助教互相看看，不赞一词。"处世无奇但率真"，唐立厂先生是一个胸无渣滓的率真的人。他的评论并无恶意，也绝无"打击别人，抬高自己"的用心。他没有想到这句话传到闻先生、罗先生耳中会不会使他们生气。

也没有无聊的人会搬弄是非，传小话。即使闻先生、罗先生听到，也不会生气的。西南联大就是这样一所大学，这样的一种学风：宽容、坦荡、率真。

一九九七年三月十一日

闻一多先生上课

闻先生性格强烈坚毅。日寇南侵，清华、北大、南开合成临时大学，在长沙少驻，后改为西南联合大学，将往云南。一部分师生组成步行团，闻先生参加步行，万里长征，他把胡子留了起来，声言：抗战不胜，誓不剃须。他的胡子只有下巴上有，是所谓"山羊胡子"，而上髭浓黑，近似一字。他的嘴唇稍薄微扁，目光灼灼。有一张闻先生的木刻像，回头侧身，口衔烟斗，用炽热而又严冷的目光审视着现实，很能表达闻先生的内心世界。

联大到云南后，先在蒙自呆了一年。闻先生还在专心治学，把自己整天关在图书馆里。图书馆在楼上。那时不

* 初刊于一九九七年五月三十日《南方周末》，为《四时佳兴》专栏文章；初收于北师大版《汪曾祺全集》第六卷。

少教授爱起斋名，如朱自清先生的斋名叫"贤于博弈斋"，魏建功先生的书斋叫"学无不暇籀"，有一位教授戏赠闻先生一个斋主的名称："何妨一下楼主人"。因为闻先生总不下楼。

西南联大校舍安排停当，学校即迁至昆明。

我在读西南联大时，闻先生先后开过三门课：楚辞、唐诗、古代神话。

楚辞班人不多。闻先生点燃烟斗，我们能抽烟也点着了烟（闻先生的课可以抽烟的），闻先生打开笔记，开讲："痛饮酒，熟读《离骚》，乃可以为名士。"闻先生的笔记本很大，长一尺有半，宽近一尺，是写在特制的毛边纸稿纸上的。字是正楷，字体略长，一笔不苟。他写字有一特点，是爱用秃笔。别人用过的废笔，他都收集起来。秃笔写篆楷蝇头小字，真是一个功夫。我跟闻先生读一年楚辞，真读懂的只有两句"嫋嫋兮秋风，洞庭波兮木叶下"。也许还可加上几句："成礼兮会鼓，传葩兮代舞，春兰兮秋菊，长毋绝兮终古。"[1]

闻先生教古代神话，非常"叫座"。不单是中文系的、文学院的学生来听讲，连理学院、工学院的同学也来听。

1　原文为"……传葩兮代舞，姱女倡兮容与，春兰兮秋菊……"。——编者注

工学院在拓东路，文学院在大西门，听一堂课得穿过整整一座昆明城。闻先生讲课"图文并茂"。他用整张的毛边纸墨画出伏羲、女娲的各种画像，用按钉钉在黑板上，口讲指画，有声有色，条理严密，文采斐然，高低抑扬，引人入胜。闻先生是一个好演员。伏羲女娲，本来是相当枯燥的课题，但听闻先生讲课让人感到一种美，思想的美，逻辑的美，才华的美。听这样的课，穿一座城，也值得。

能够像闻先生那样讲唐诗的，并世无第二人。他也讲初唐四杰、大历十才子、《河岳英灵集》，但是讲得最多，也讲得最好的，是晚唐。他把晚唐诗和后期印象派的画联系起来。讲李贺，同时讲到印象派里的 pointillism（点画派）。说点画看起来只是不同颜色的点，这些点似乎不相连属，但凝视之，则可感觉到点与点之间的内在联系。这样讲唐诗，必须本人既是诗人，也是画家，有谁能办到？闻先生讲唐诗的妙悟，应该记录下来。我是个大大咧咧的人，上课从不记笔记。听说比我高一班的同学郑临川记录了，而且整理成一本《闻一多论唐诗》，出版了，这是大好事。

我颇具歪才，善能胡诌，闻先生很欣赏我。我曾替一个比我低一班的同学代笔写了一篇关于李贺的读书报告，——西南联大一般课程都不考试，只于学期终了时交一篇读书报告即可给学分。闻先生看了这篇读书报告后，对那位同学说："你的报告写得很好，比汪曾祺写得还好！"其实我写李贺，只写了一点：别人的诗都是画在白底子上的画，李贺的诗是画在黑底子上的画，故颜色特别浓烈。这也是西南联大许多教授对学生鉴别的标准：不怕新，不怕怪，而不尚平庸，不喜欢人云亦云，只抄书，无创见。

一九九七年三月十二日

"诗人"韩复榘

山东关于韩复榘的故事甚多。最有名的是：

> 蒋委员长提倡新生活，俺都赞成。就是"行人靠左走"，那右边谁走呢？

他游泰山，诗兴大发，口占一首，叫人笔录下来。诗曰：

> 远看泰山黑糊糊，
>
> 上边细来下边粗。
>
> 有朝一日倒过来，
>
> 下边细来上边粗。

✦ 初刊于一九九七年三月二十八日《中国城乡金融报》，又刊于一九九七年八月二十二日《南方周末》，为《四时佳兴》专栏文章；初收于北师大版《汪曾祺全集》第六卷。

这比"把汝裁为三截"气魄还大！

游趵突泉，亦得一诗：

> 趵突泉，
>
> 泉趵突。
>
> 三个泉眼一般粗，
>
> 咕嘟咕嘟又咕嘟。

韩诗当用济南话读，才有味道。但其实韩复榘是河北霸县人，说话口音想也不是山东口音。然而山东人愿意叫他说山东话，恁有啥办法？

韩复榘倒没有把他的诗刻在泰山上，韩在任期间曾经大修过泰山一次，竣工后，电令泰山各处："嗣后除奉令准刊外，无论何人，不准题字、题诗。"他不在泰山刻诗，也许是以身作则。

当然，韩复榘的诗以及许多关于他的故事都是口头文学，不可信以为真。编造、流传有权势者的笑话，是老百姓反抗有权有势者之一法。我希望山东能搜集韩复榘的故事，出一本《韩复榘全集》。

一九九七年三月十三日

济公坐轿子
——四时佳兴之七

　　县太爷的老母亲生病，要请济公到家给老太太看病，派一家人，打发两个轿夫抬了轿子来接。济公说："我坐不来轿子，你们把轿子抬回去！我不愿意叫人抬着！"——"那您怎么走？"——"我走着去！"家人作了难，说："您不坐，我们抬了空轿子回去，见了县太爷不好交待。您还是坐吧！"——"不坐！"这可怎么办呢？济公看看轿子，说："这么着吧：把轿底打掉，你们在外面抬，我在里面走。"这可真新鲜！可是没有办法，只得依他。济公钻进没有底的空轿，俩轿夫一前一后，济公发了口令："上肩！走！"轿夫抬着空轿，挺腰款步，风摆柳似

<hr>

　　* 初刊于一九九七年四月七日《北京晚报》；初收于人民文学版《汪曾祺全集》第六卷。

的走起来。济公也随着轿夫脚下的节拍一块走，从轿帏下露出两只穿了破鞋的黑脚。啪嗒啪嗒啪嗒……

济公可算是一位空前绝后的幽默大师。

齐白石的童心

　　曾见齐白石册页四开，都很有趣，内一开画淡蓝色的藤花数穗，很多很多野蜜蜂，在花间上下乱飞，用金冬心体作了颇长的题跋：

　　　　家山有野藤，花时游蜂无数，×孙小时曾为蜂

　　　　所螫。此×孙能作此藤花矣。静思往事，如在目底。

　　题跋似明人小品，极有风致。"静思往事，如在目底"，用老人的家乡话说："此言说得有味。"

　　事隔多年，画和题跋都不忘。题跋字句或小有出入，老人的孙子的名已模糊，只好以"×"代之。此画已印为单页，倘或有缘再见，当逐字核对。

　　＊初刊于一九九七年四月十一日《南方周末》，为《四时佳兴》专栏文章；初收于北师大版《汪曾祺全集》第六卷。

此画之美，在于有一片温情，一片童心，一片人道主义。第一流的画家所以高出平庸的（尽管技法很熟练）画家，分别正在一个有童心，一个"冇"。

羊 上 树

北京人说不可能发生的事叫"羊上树",有人胡侃海聊,云苫雾罩,别人就会指出:"你这都是羊上树的事! 瞎掰!"

曾听过一个相声小段。

甲:哐那个令哐令令哐(口作弹三弦声)。

(唱)

太阳出来亮堂堂,

出了东庄奔西庄,

抬头看见羊上树,

低头——

---

* 初刊于一九九七年三月二十一日《南方周末》,为《四时佳兴》专栏文章。

乙：你等等！羊上树？

甲：对！

乙：这羊怎么上的树？

甲：羊上树，

树上羊，

哐那个令，哐令令哐……

乙：羊怎么上的树？

甲：你这人，怎么认死理儿！

乙：羊怎么上的树？

甲：羊吃什么？

乙：草！

甲：吃树叶不吃？

乙：吃！杨树叶、柳树叶、槐树叶……都吃！

甲：得！这羊看见一棵杨柳，它一看，就动了心。这一片杨树，真是水淋，我去吃一点！它就上了树了。

乙：它怎么上的树？

甲：羊上树，

树上羊，

哐那令哐令令哐……

乙：羊怎么上的树？

甲：羊上树，

　　树上羊，

　　哐那个令哐令令哐……

乙：羊怎么上的树？

甲：……它是我给它抱上去的。

事情原来如此简单！只要有人抱，羊是可以上树的。

谈 风 格

一个人的风格是和他的气质有关系的。布封说过："风格即人。"中国也有"文如其人"的说法。人和人是不一样的。趋舍不同，静躁异趣。杜甫不能为李白的飘逸，李白也不能为杜甫的沉郁。苏东坡的词宜关西大汉执铁绰板唱"大江东去"，柳耆卿的词宜十三四女郎持红牙板唱"今宵酒醒何处，杨柳岸晓风残月"。中国的词大别为豪放与婉约两派。其他文体大体也可以这样划分。不知从什么时候起，因为什么，豪放派占了上风。茅盾同志曾经很感慨地说：现在很少人写婉约的文章了。十年浩劫，没有人提起风格这个词。我在"样板团"工作过。江青规定："要写'大江东去'，不要'小桥流水'！"我是个只会

* 初刊于《文学月报》一九八四年第六期，初收于《晚翠文谈》。

写"小桥流水"的人，也只好跟着唱了十年空空洞洞的豪言壮语。三中全会以后，我才又重新开始发表小说，我觉得我可以按照我自己的样子写小说了。三中全会以后，文艺形势空前大好的标志之一，是出现了很多不同风格的作品。这一点是"十七年"所不能比拟的。那时作品的风格比较单一。茅盾同志发出感慨，正是在那样的时候。一个人要使自己的作品有风格，要能认识自己、发现自己，并且，应该不客气地说，欣赏自己。"我与我周旋久，宁作我"。一个人很少愿意自己是另外一个人的。一个人不能说自己写得最好，老子天下第一。但是就这个题材，这样的写法，以我为最好，只有我能这样的写。我和我比，我第一！一个随人俯仰，毫无个性的人是不能成为一个作家的。

其次，要形成个人的风格，读和自己气质相近的书。也就是说，读自己喜欢的书，对自己口味的书。我不太主张一个作家有系统地读书。作家应该博学，一般的名著都应该看看。但是作家不是评论家，更不是文学史家。我们不能按照中外文学史循序渐进，一本一本地读那么多书，更不能按照文学史的定论客观地决定自己的爱恶。我主张抓到什么就读什么，读得下去就一连气读一阵，读不下去就抛在一边。屈原的代表作是《离骚》，我直到现在还是比较喜欢《九歌》。李、杜是大家，他们的诗我也读了一些，但是在大学的时候，我有一阵偏爱王维。后来又读了一阵温飞卿、李商隐。诗何必盛唐。我觉得龚定盦的态度很好："我于论诗恕中晚，略工感慨即名家。"有一个人说得更为坦率："一种风情吾最爱，六朝人物晚唐诗"，有何不可。一个人的兴趣有时会随年龄、境遇发生变化。我在大学时很看不起元人小令，认为浅薄无聊。后来因为工作关系，读了一些，才发现其中的淋漓沉痛处。巴尔扎克很伟大，可是我就是不能用社会学的观点读他的《人间喜剧》。托尔斯泰的《战争与和平》，我是到近四十岁时，因为成了右派，才在劳动改造的过程中硬着头皮读完了的。孙犁同志说他喜欢屠格涅夫的长篇，不喜欢他的短篇；我则正好相反。我认为都可以。作家读书，允许有偏爱。作家所偏爱的作品往往会影响他的气质，成为他的个性的一部分。契诃夫说过：告诉我你读的是什么书，我就可知道你是一个怎样的人。作家读书，实际上是读另外一个自己所写的作品。法郎士在《生活文学》第一卷的序言里说过："为了真诚坦白，批评家应该说：'先生们，关于莎士比亚，关于拉辛，我所讲的就是我自己'"。作家更是这样。一个作家在谈论别的作家时，谈的常常是他自己。"六经注我"，中国的古人早就说过。

一个作家读很多书，但是真正影响到他的风格的，往往只有不多的作家，不多的作品。有人问我受哪些作家影响比较深，我想了想：古人里是归有光，中国现代作家是鲁迅、沈从文、废名，外国作家是契诃夫和阿左林。

　　我曾经在一次讲话中说到归有光善于以清淡的文笔写平常的人事。这个意思其实古人早就说过。黄梨洲《文案》卷三《张节母叶孺人墓志铭》云：

　　"予读震川文之为女妇者，一往情深，每以一二细事见之，使人欲涕。盖古今来事无巨细，唯此可歌可泣之精神，长留天壤。"

　　姚鼐《与陈硕士》尺牍云：

　　"归震川能于不要紧之题，说不要紧之语，却自风韵疏淡，此乃是于太史公深有会处，此境又非石士所易到耳。"

　　王锡爵《归公墓志铭》说归文"无意于感人，而欢愉惨恻之思，溢于言表"。连被归有光诋为"庸妄巨子"的王世贞在晚年也说他"不事雕饰而自有风味"（《归太仆赞序》）。这些话都说得非常中肯。归有光的名文有《先妣事略》、《项脊轩志》、《寒花葬志》等篇。我受到影响的也只是这几篇。归有光在思想上是正统派，我对他的那些谈学论道的大文实在不感兴趣。我曾想：一个思想迂腐的正统派，怎么能写出那样富于人情味的优美的抒情散文呢？这问题我一直还没有想明白。归有光自称他的文章出于欧阳修。读《泷冈阡表》，可以知道《先妣事略》这样的文章的渊源。但是归有光比欧阳修写得更平易，更自然。他真是做到"无意为文"，写得像谈家常话似的。他的结构"随事曲折"，若无结构。他的语言更接近口语，叙述语言与人物语言衔接处若无痕迹。他的《项脊轩志》的结尾："庭有枇杷树，吾妻死亡之年所手植也，今已亭亭如盖矣！"

平淡中包含几许惨恻，悠然不尽，是中国古文里的一个有名的结尾。使我更为惊奇的是前面的："吾妻归宁，述诸小妹语曰：'闻姊家有阁子，且何谓阁子也？'"话没有说完，就写到这里。想来归有光的夫人还要向小妹解释何谓阁子的，然而，不写了。写出了，有何意味？写了半句，而闺阁姊妹之间闲话神情遂如画出。这种照生活那样去写生活，是很值得我们今天写小说时参考的。我觉得归有光是和现代创作方法最能相通，最有现代味儿的一位中国古代作家。我认为他的观察生活和表现生活的方法很有点像契诃夫。我曾说归有光是中国的契诃夫，并非怪论。

中国现代作家的作品我读得比较熟的是鲁迅。我在下放劳动期间曾发愿将鲁迅的小说和散文像金圣叹批《水浒》那样，逐句逐段地加以批注。搞了两篇，因故未竟其事。中国五十年代以前的短篇小说作家不受鲁迅的影响的，几乎没有。近年来研究鲁迅的谈鲁迅的思想的较多，谈艺术技巧的少。现在有些年轻人已经读不懂鲁迅的书，不知鲁迅的作品好在哪里了。看来宣传艺术家鲁迅，还是我们的责任。这一课必须补上。

我是沈从文先生的学生。

废名这个名字现在几乎没有人知道了。国内出版的中国现代文学史没有一本提到他。这实在是一个真正很有特点的作家。他在当时的读者就不是很多，但是他的作品曾经对相当多的三十年代、四十年代的青年作家，至少是北方的青年作家，产生过颇深的影响。这种影响现在看不到了，但是它并未消失。它像一股泉水，在地下流动着。也许有一天，会汩汩地流到地面上来的。他的作品不多，一共大概写了六本小说，都很薄。他后来受了佛教思想的影响，作品中有见道之言，很不好懂。《莫须有先生传》就有点令人莫名其妙，到了《莫须有先生坐飞机以后》就不知所云了。但是他早期的小说，《桥》、《枣》、《桃园》和《竹林的故事》，写得真是很美。他把晚唐诗的超越理性，直写感觉的象征手法移到小说里来了。他用写诗的办法写小说，他的小说实际上是诗。他的小说不注重写人物，也几乎没有故事。《竹林的故事》算是长篇，叫做"故事"，实无故事，只是几个孩子每天生活的记录。他不写故事，写意境。但是他的小说是感人的，使人得到一种不同寻常的感动。因为他对于小儿女是那样富于同情心。他用儿童一样明亮而敏感的眼睛观察周围世界，用儿童一样简单而准确的笔墨来记录。他的小说是天真的，具有天真的美。因为他善于捕捉儿童的飘忽不定的思想和情绪，他运用了意识流。他的意识流是从生活里发现的，不是从外国的理论或作品里搬来的。有人说他的小说很像弗·沃尔芙，他说他没有看过沃尔芙的作品。后来找来看看，自己也觉得果然很像。这是一个很有趣的现象。身在不同的国度，素无接触，为什么两个作家会找到同样的方法呢？因为他追随流动的意识，因此他的行文也和别人不一样。周作人曾说废名是一个讲究文章之美的小说家。又说他的行文好比一溪流水，遇到一片草叶，都要去抚摸一下，然后又汪汪地向前流去。这说得实在非常好。

我讲了半天废名，你也许会在心里说：你说的是你自己吧？我跟废名不一样（我们的世界观首先不同）。但是我确实受过他的影响，现在还能看得出来。

契诃夫开创了短篇小说的新纪元。他在世界范围内使"小说观"发生了很大的变化，从重情节、编故事发展为写生活、按照生活的样子写生活，从戏剧化的结构发展为散文化的结构。于是才有了真正的短篇小说，现代的短篇小说。托尔斯泰最初很看不惯契诃夫的小说。他说契诃夫是一个很怪的作家，他好像把文字随便地丢来丢去，就成了一篇小说了。托尔斯泰的话说得非常好。随便地把文字丢来丢去，这正是现代小说的特点。

"阿左林是古怪的"（这是他自己的一篇小品的题目）。他是一个沉思的、回忆的、静观的作家。他特别善长于描写安静，描写在安静的回忆中的人物的心理的潜微的变化。他的小说的戏剧性是觉察不出来的戏剧性。他的"意识流"是明澈的，覆盖着清凉的阴影，不是芜杂的、纷乱的。热情的恬淡；入世的隐逸。阿左林笔下的西班牙是一个古旧的西班牙，真正的西班牙。

以上，我老实交待了我曾经接受过的影响，未必准确。至于这些影响怎样形成了我的风格（假如说我有自己的风格），那是说不清楚的。人是复杂的，不能用化学的定性分析方法分析清楚。但是研究一个作家的风格，研究一下他所曾接受的影响是有好处的。如果你想学习一个作家的风格，最好不要直接学习他本人，还是学习他所师承的前辈。你要认老师，还得先见见太老师。一祖三宗，渊源有白。这样才不至流于照猫画虎，邯郸学步。

一个作家形成自己的风格大体要经过三个阶段：一、

摹仿；二、摆脱；三、自成一家。初学写作者，几乎无一例外，要经过摹仿的阶段。我年轻时写作学沈先生，连他的文白杂糅的语言也学。我的《汪曾祺小说选》第一篇《复仇》，就有摹仿西方现代派的方法的痕迹。后来岁数大了一点，到了"而立之年"了吧，我就竭力想摆脱我所受的各种影响，尽量使自己的作品不同于别人。郭小川同志在"文化大革命"后期有一次碰到我，说："你说过的一句话，我到现在还记得。"我问他是什么话，他说："你说过：凡是别人那样写过的，我就决不再那样写！"我想想，是说过。那还是反右以前的事了。我现在不说这个话了。我现在岁数大了，已经无意于使自己的作品像谁，也无意使自己的作品不像谁了。别人是怎样写的，我已经模糊了，我只知道自己这样的写法，只会这样写了。我觉得怎样写合适，就怎样写。我现在看作品，已经很少从形成自己的风格这样的角度去看了。对于曾经影响过我的作家的作品，近几年我也很少再看。然而：

菌子已经没有了，但是菌子的气味留在空气里。

影响，是仍然存在的。一个人也不能老是一个风格，只有一种风格。风格，往往是因为所写的题材不同而有差异的。或庄、或谐；或比较抒情，或尖刻冷峻。但是又看得出还是一个人的手笔。一方面，文备众体，另一方面又自成一家。

一九八四年二月二十一日

谈谈风俗画

　　有几位评论家都说，我的小说里有风俗画。这一点是我原来没有意识到的。经他们一说，我想想倒是有的。有一位文学界的前辈曾对我说："你那种写法是风俗画的写法"，并说这种写法很难。风俗画的写法是怎样一种写法？这种写法难么？我不知道。有人干脆说我是一个风俗画作家……

　　我是很爱看风俗画的。十七世纪荷兰学派的画，日本的浮世绘，我都爱看。中国的风俗画的传统很久远了。汉代的很多画像石刻、画像砖都画（刻）了迎宾、饮宴、耍杂技——倒立、弄丸、弄飞刀……有名的说书俑，滑稽中带点愚蠢，憨态可掬，看了使人不忘。晋唐的画以宗教

＊初刊于《钟山》一九八四年第三期，初收于《晚翠文谈》。

　　　　　　　　　　　　　　　　四时佳兴

画、宫廷画为大宗。但这当中也不是没有风俗画，敦煌壁画中的杰作《张义潮出巡图》就是。墓葬中的笔致粗率天真的壁画，也多涉及当时的风俗。宋代风俗画似乎特别的流行，《清明上河图》是一个突出的例子。我看这幅画，能够一看看半天。我很想在清明那天到汴河上去玩玩，那一定是非常好玩的。南宋的画家也多画风俗。我从马远的《踏歌图》知道"踏歌"是怎么回事，从而增加了对"桃花潭水深千尺，不及汪伦送我情"的理解。这种"踏歌"的遗风，似乎现在朝鲜还有。我也很爱李嵩、苏汉臣的《货郎图》，它让我知道南宋的货郎担上有那么多卖给小孩子们的玩意，真是琳琅满目，都蛮有意思。元明的风俗画我所知甚少。清朝罗两峰的《鬼趣图》可以算是风俗画。幸好这时兴起了年画。杨柳青、桃花坞的年画大部分都是风俗画，连不画人物只画动物的也都是，如《老鼠嫁女》。我很喜欢这张画，如鲁迅先生所说，所有俨然穿着人的衣冠的鼠类，都尖头尖脑的非常有趣。陈师曾等人都画过北京市井的生活。风俗画的雕塑大师是泥人张。他的《钟馗嫁妹》、《大出丧》，是近代风俗画的不朽的名作。

我也爱看讲风俗的书。从《荆楚岁时记》直到清朝人写的《一岁货声》之类的书都爱翻翻。还是上初中的时候，一年暑假，我在祖父的尘封的书架上发现了一套巾箱本木活字聚珍版的丛书，里面有一册《岭表录异》，我就很有兴趣地看起来。后来又看了《岭外代答》。从此就对讲地理的书、游记，产生了一种嗜好。不过我最有兴趣的是讲风俗民情的部分，其次是物产，尤其是吃食。对山川疆域，我看不进去，也记不住。宋元人笔记中有许多是记风俗的，《梦溪笔谈》、《容斋随笔》里有不少条记各地民俗，都写得很有趣。明末的张岱特长于记述风物节令，如记西湖七月半、泰山进香，以及为祈雨而赛水浒人物，都极生动。虽然难免有鲁迅先生所说的夸张之处，但是绘形绘声，详细而不琐碎，实在很教人向往。我也很爱读各地的竹枝词，尤其爱读作者自己在题目下面或句间所加的注解。这些注解常比本文更有情致。我放在手边经常看看的一本书是古典文学出版社出的《东京梦华录》（外四种——《都城纪胜》、《西湖老人繁胜录》、《梦粱录》、《武林旧事》），这样把记两宋风俗的书汇为一册，于翻检上极便，是值得感谢的，只是断句断错的地方太多。这也难怪，有一位历史学家就说过《东京梦华录》是一本难读的书。因为对当时的情形和语言不明白，所以不好断句。

　　我对风俗有兴趣，是因为我觉得它很美。我曾经在一篇文章里说过："我以为风俗是一个民族集体创作的生活的抒情诗"（《〈大淖记事〉是怎样写出来的》）。这是一句随便说说的话，没有任何学术意义。但也不是一点道理没有。我以为，风俗，不论是自然形成的，还是包含一定的人为的成分（如自上而下的推行），都反映了一个民族对生活的挚爱，对"活着"所感到的欢悦。他们把生活中的诗情用一定的外部的形式固定下来，并且相互交流，溶为一体。风俗中保留一个民族的常绿的童心，并对这种童心加以圣化。风俗使一个民族永不衰老。风俗是民族感情的重要的组成部分。斯大林把民族感情列为民族的要素之一。民族感情是抽象的，看不见摸不着，但它确实存在着。民族感情常常体现在风俗中。风俗，是具体的。一种风俗对维系民族感情的作用是不可估量的，如那达慕、刁羊、麦西来甫、三月街……。

所谓风俗，主要指仪式和节日。仪式即"礼"。礼这个东西，未可厚非。据说辜鸿铭把中国的"礼"翻译成英语时，译为"生活的艺术"。这传闻不知是否可靠，但却很有意思。礼是具有艺术性的，很好玩的，假如我们抛开其中迷信和封建的内核，单看它的形式。礼，包括婚礼和丧礼。很多外国的和中国少数民族的民间舞蹈常常以"××人的婚礼"作题目，那是在真实的婚礼的基础上加工而成的。结婚，对一个少女来说，意味着迈进新的生活，同时也意味着向过去的一切告别了。因此，这一类的舞蹈大都既有喜悦，又有悲哀，混和着复杂的感情，其动人处，也在此。中国西南几个民族都有"哭嫁"的习俗。临嫁的姑娘要把要好的姊妹约来哭（唱）一夜甚至几夜。那歌词大都是充满了真情，很美的。我小时候最爱参加丧礼，不管是亲戚家还是自己家的。我喜欢那种平常没有的"当大事"的肃穆的气氛，所有的人好像一下子都变得高雅起来，多情起来了，大家都像在演戏，在扮演一种角色，很认真地扮演着。我喜欢"六七开吊"，那是戏的顶点。我们那里开吊那天都要"点主"。点主，就是在亡人的牌位上加一点。白木的牌位上事先写好了某某人之"神王"，要在王字上加一点，这才成了"神主"，点主不是随随便便点的，很隆重。要请一位有功名的老辈人来点。点主的人就位后，礼生喝道："凝神，——想象，请加墨主！"点主人用一枝新墨笔在"王"字上点一点；然后，再："凝神，——想象，请加朱主！"点主人再用朱笔点一点，把原来的墨点盖住。这样，一个人的魂灵就进了这块牌位了。"凝神——想象"，这实在很有点抒情的意味，也很有戏剧性。我小时看点主，很受感动，至今印象犹深。

至于节日，那更不用说了。试想一下，如果没有那样多的节，我们的童年将是多么贫乏，多么缺乏光彩呀。日本人对传统的节日非常重视。多么现代化的大企业，到了盂兰盆节这一天，也要停产放假，举行集体的游乐活动。这对于培养和增强民族的自信，无疑是会有好处的。

风俗，仪式和节日，是历史的产物，它必然是要消亡的。谁也不会提出恢复所有的传统的风俗，但是把它们记录下来，给现在的和将来的人看看，是有着各方面的意义的。我很希望中国民俗学会能编出两本书，一本《中国婚丧礼俗》，一本《中国的节日》。现在着手，还来得及。否则，到了"礼失而求诸野"，要到穷乡僻壤去访问搜集，就费事了。

为什么要在小说里写进风俗画？前已说过，我这样做原是无意的。只是因为我的相当一部分小说是写我的家乡的，写小城的生活，平常的人事，每天都在发生，举目可见的小小悲欢，这样，写进一点风俗，便是很自然的事了。"人情"和"风土"原是紧密关联的。写一点风俗画，对增加作品的生活气息、乡土气息，是有帮助的。风俗画和乡土文学有着血缘关系，虽然二者不是一回事。很难设想一部富了民族色彩的作品而一点不涉及风俗。鲁迅的《故乡》、《社戏》，包括《祝福》，是风俗画的典范。《朝花夕拾》每篇都洋溢着罗汉豆的清香。沈从文的《边城》如果不是几次写到端午节赛龙船，便不会有那样浓郁的色彩。"风俗画小说"，在一般人的概念里，不是一个贬词。

风俗画小说的文体几乎都是朴素的。风俗本身是自自然然的。记述风俗的书原来不过是聊资谈助，大都是随笔记之，不事雕饰。幽兰居士孟元老《东京梦华录序》云："此语言鄙俚，不以文饰者，盖欲上下通晓耳，观者幸详焉。"用华丽的文笔记风俗的人好像还很少。同样，风俗画小说所记述的生活也多是比较平实的，一般不太注重强烈的戏剧化的情节。写风俗而又富于浪漫主义的戏剧性的情节的，似乎只有梅里美一人。但他所写的往往是异乡的奇俗（如世代复仇），而且通常是不把梅里美列在风俗画作家范围内的。风俗画小说，在本质上是现实主义的。

记风俗多少有点怀旧，但那是故国神游，带抒情性，但并不流于伤感。风俗画给予人的是慰藉，不是悲苦。就我所见过的风俗画作品来看，调子一般不是低沉的。

小说里写风俗，目的还是写人。不是为写风俗而写风俗，那样就不是小说，而是风俗志了。风俗和人的关系，大体有这样三种：

一种是以风俗作为人的背景。

一种是把风俗和人结合在一起，风俗成为人的活动和心理的契机。比如：

去年元夜时，

花市灯如昼，

月上柳梢头，

人约黄昏后。

又如苏北民歌《探妹》：

正月里探妹正月正，

我带小妹子看花灯，

看灯是假的，

妹子呀，试试你的心。

《边城》几次写端午节赛龙船，和翠翠的情绪的发育和感情的变化是紧紧扣在一起的，并且是情节发展不可缺少的纽带。

也有时，看起来是写风俗，实际上是在写人。我的小说里写风俗占篇幅最长的大概是《岁寒三友》里描写放焰火的一段。因为这篇小说见到的人不是很多，我把这一段抄录在下面：

这天天气特别好。万里无云，一天皓月。阴城的正中，立起一个四丈多高的架子。有人早早吃了晚饭，就扛了板凳来等着了。各种卖小吃的都来了。卖牛肉高粱酒的、卖回卤豆腐干的，卖五香花生米的、芝麻灌香糖的，卖豆腐脑的，卖煮荸荠的，还有卖河鲜——卖紫皮鲜菱角和新剥鸡头米的……到处是"气死风"的四角玻璃灯，到处是白蒙蒙的热气、香喷喷的茴香八角气味。人们寻亲访友，说短道长，来来往往，亲亲热热，阴城的草都被踏倒了。人们的鞋底也叫秋草的浓汁磨得滑溜溜的。

忽然，上万双眼睛一齐朝着一个方向看。人们的眼睛一会儿睁大，一会儿眯细；人们的嘴一会儿张开，一会儿又合上；一阵阵叫喊，一阵阵欢笑，一阵阵掌声。——陶虎臣点着了焰火了。

(中间还有一段具体描写几种焰火，文长不录)

……火光炎炎，逐渐消隐，这时才听到人们呼唤：

"二丫头，回家咧！"

"四儿，你在哪儿哪？"

"奶奶，等等我，我鞋掉了！"

人们摸摸板凳，才知道：呀，露水下来了。

这里写的是风俗，没有一笔写人物。但是我自己知道笔笔都著意写人，写的是焰火的制造者陶虎臣。我是有意在表现人们看焰火时的欢乐热闹气氛中表现生活一度上升时期陶虎臣的愉快心情，表现用自己的劳作为人们提供欢乐，并于别人的欢乐中感到欣慰的一个善良人的品格的。这一点，在小说里明写出来，是也可以的，但是我故意不写，我把陶虎臣隐去了，让他消融在欢乐的人群之中。我想读者如果感觉到看焰火的热闹和欢乐，也就会感觉到陶虎臣这个人。人在其中，却无觅处。

写风俗，不能离开人，不能和人物脱节，不能和故事情节游离。写风俗不能留连忘返，收不到人物的身上。

风俗画小说是有局限性的。一是风俗画小说往往只就人事的外部加以描写，较少刻画人物的内心世界，不大作心理描写，因此人物的典型性较差。二是，风俗画一般是清新浅易的，不大能够概括十分深刻的社会生活内容，缺乏历史的厚度，也达不到史诗一样的恢宏的气魄。因此，风俗画小说常常不能代表一个时代的文学创作的主流。这一点，风俗画小说作者应该有自知之明，不要因为自己的作品没有受到重视而气愤。

因此，我希望自己，也希望别人，不要只是写风俗画。并且，在写风俗画小说时也要有所突破，向生活的深度和广度掘进和开拓。

一九八四年一月二十二日

万寿宫丁丁响
——《废名短篇小说集》代序

　　冯思纯同志编出了他的父亲废名的小说选集，让我写一篇序，我同意了。我觉得这是义不容辞的事，因为我曾经很喜欢废名的小说，并且受过他的影响。但是我把废名的小说反复看了几遍，就觉得力不从心，无从下笔，我对废名的小说并没有真的看懂。

　　我说过一些有关废名的话：

　　　废名这个名字现在几乎没有人知道了。国内出版的中国现代文学史没有一本提到他。这实在是一个真正很有特点的作家。他在当时的读者就不是很多，但

　　*初刊于《中国文化》一九九六年春季号（总第十三期），题为《〈废名小说选集〉代序》，又刊于《芙蓉》一九九七年第二期，题为《万寿宫丁丁响》；初收于北师大版《汪曾祺全集》第六卷。

是他的作品曾经对三十年代、四十年代的青年作家，至少是北方的青年作家，产生过颇深的影响。这种影响现在看不到了，但是它并未消失。它像一股泉水，在地下流动着。也许有一天，会汩汩地流到地面上来的。他的作品不多，一共大概写了六本小说，都很薄。他后来受了佛教思想的影响，作品中有见道之言，很不好懂。《莫须有先生传》就有点令人莫名其妙，到了《莫须有先生坐飞机以后》就不知所云了。但是他早期的小说，《桥》、《枣》、《桃园》和《竹林的故事》写得真是很美。他把晚唐诗的超越理性，直写感觉的象征手法移到小说里来了。他用写诗的办法写小说，他的小说实际上是诗。他的小说不注重写人物，也几乎没有故事。《竹林的故事》算是长篇，叫做"故事"，实无故事，只是几个孩子每天生活的记录。他不写故事，写意境。但是他的小说是感人的，使人得到一种不同寻常的感动。因为他对于小儿女是那样富于同情心。他用儿童一样明亮而敏感的眼睛观察周围世界，用儿童一样简单而准确的笔墨来记录。他的小说是天真的，具有天真的美。因为他善于捕捉儿童的思想和情绪，他运用了意识流。他的意识流是从生活里发现的，不是从外国的理论或作品里搬来的。……

因为他追随流动的意识，因此他的行文也和别人不一样。周作人曾说废名是一个讲究文章之美的小说家。又说他的行文好比一溪流水，遇到一片草叶都要去抚摸一下，然后又汪汪地向前流去。这说得实在非常好。

我的一些说法其实都是从周作人那里来的。谈废名的文章谈得最好的是周作人。周作人对废名的文章喻之为水，喻之为风。他在《莫须有先生传》的序文中说：

> 这好像是一道流水，大约总是向东去朝宗于海，他流过的地方，凡有什么汊港弯曲，总得灌注潆洄一番，有什么岩石水草，总要披拂抚弄一下子，再往前走去，再往前去，这都不是他的行程的主脑，但除去了这些，也就别无行程了。

周作人的序言有几句写得比较吃力，不像他的别的文章随便自然。"灌注潆洄"、"披拂抚弄"，都有点着力太过。有意求好，反不能好，虽在周作人亦不能免。不过他对意识流的描绘却是准确贴切且生动的。他的说法具有独创性，在他以前还没有人这样讲过。那时似还没有"意识流"这个说法，周作人、废名都不曾使用过这个词。这个词是从外国迻译进来的。但是没有这个名词不等于没有这个东西。中国自有中国的意识流，不同于普鲁斯特，也不同于弗吉尼亚·吴尔芙，但不能否认那是意识流，晚唐的温（飞卿）李（商隐）便是。比较起来，李商隐更加天马行空，无迹可求。温则不免伤于轻艳。废名受李的影响更大一些。有人说废名不是意识流，不是意识流又是什么？废名和《尤利西斯》的距离诚然较大，和吴尔芙则较为接近。废名的作品有一种女性美，少女的美。他很喜欢"摘花赌身轻"，这是一句"女郎诗"！

　　冯健男同志（废名的侄儿）在《我的叔父废名》一书中引用我的一段话，说我说废名的小说"具有天真的美"以为"这是说得新鲜的，道别人之所未道"。其实这不是"道别人之所未道"。废名喜爱儿童（少年），也非常善于写儿童，这个问题周作人就不止一次地说过。我第一次读废名的作品大概是《桃园》。读到王老大和他的害病女儿阿毛说："阿毛，不说话一睡就睡着了"，忽然非常感动。这一句话充满一个父亲对·个女儿的感情。"这个地方太空旷吗？不，阿毛睁大的眼睛叫月亮装满了"，这种写法真是特别，真是美。读《万寿宫》，至程小林写在墙上的字："万寿宫丁丁响"，我也异常的感动，本来丁丁响的是四个屋角挂的铜铃，但是孩子们觉得是万寿宫在丁丁响。这是孩子的直觉。孩子是不大理智的，他们总是直觉地感受这个世界，去"认同"世界。这些孩子是那样纯净，与世界无欲求、无争竞，他们对世界是那样充满欢喜，他们最充分地体会到人的善良、人的高贵，他们最能把握周围环境的颜色、形体、光和影，声音和寂静，最完美地捕捉住诗。这大概就是周作人所说的"仙境"。

另一位真正读懂废名，对废名的作品有深刻独到的见解的美学家，我以为是朱光潜。朱先生的论文说："废名先生不能成为一个循规蹈矩的小说家，因为他在心境原型上是一个极端的内倾者。小说家须得把眼睛朝外看，而废名的眼睛却老是朝里看；小说家须把自我沉没到人物性格里面去，让作者过人物的生活，而废名的人物却都沉没在作者的自我里面，处处都是过作者的生活。"朱先生的话真是打中了废名的"要害"。

前几年中国的文艺界（主要是评论家）闹了一阵"向内转""向外转"之争。"向内转、向外转"与"向内看、向外看"含义不尽相同，但有相通处。一部分具有权威性的理论家坚决反对向内，坚持向外，以为文学必须如此，这才叫文学，才叫现实主义；而认为向内是离经叛道，甚至是反革命。我们不反对向外的文学，并且认为这曾经是文学的主要潮流，但是为什么对向内的文学就不允许其存在，非得一棍子打死不可呢？

废名的作品的不被接受，不受重视，原因之一，是废名的某些作品确实不好懂。朱光潜先生就写过："废名的诗不容易懂，但是懂得之后，你也许要惊叹它真好。"这是对一般人而言，对平心静气，不缺乏良知的读者，对具有对文学的敏感的人而言的。对于另一种人则是另一回事。他们感觉到废名的文学对他们是一种潜在的威胁，会危及他们的左派正宗，一统天下。他们不像十年前一样当真一棍子打死，他们的武器是沉默，用不理代替批判。他们可以视若无睹，不赞一辞，仿佛废名根本不存在。他们用沉默来掩饰对废名，对一切高雅文学的刻骨的仇恨。他们是一些粗俗的人，一群能写恶札的文艺官。但是他们能够窃踞要津，左右文运。废名的价值被认识，他在中国现代文学史上的地位被真正的肯定，恐怕还得再过二十年。

一九九六年三月六日

读一本新笔记体小说

这一册小说里有一部分是可以称为笔记体小说的。笔记体小说是前几年有几位评论家提出的。或称为新笔记体小说，以别于传统的笔记小说。我觉得这个概念是可以成立的，因为确实有那么一类小说存在，并且数量相当多，成了一时的风气，这是十年前不曾有过的。笔记体小说是个相当宽泛、不很明确的概念，谁也没有给它科学地界定过：它有些什么素质，什么特点，但是大家就这么用了。说哪一篇小说是笔记体，大体上也不会错。

中国短篇小说有两个传统，一是唐传奇，一是宋以后

*初刊于一九九〇年二月十三日《光明日报》，是为王明义、龙冬、苏北、钱玉亮小说合集《江南江北》（安徽文艺出版社一九九四年版）所作序言；初收于北师大版《汪曾祺全集》第四卷。

四时佳兴

的笔记。这两种东西写作的目的不一样，写作的态度不同，文风也各异。传奇原来是士人应举前作为"行卷"投送达官，造成影响的。因此要在里面显示自己的文采，文笔大都铺张华丽，刻意求工。又因为要引起阅览者的兴趣，情节多很曲折，富戏剧性。笔记小说的作者命笔时不带这样功利的目的。他们的作品是写给朋友看的，茶后酒边，聊资谈助。有的甚至是写给自己看的，自己写着玩玩的，如《梦溪笔谈》所说："所与谈者，唯笔砚而已"，因此只是随笔写去，如"秀才家写家书"，不太注意技巧。笔下清新活泼，自饶风致，不缺乏幽默感，也有说得很俏皮的话，则是作者性情的自然流露，不是做作出来的。大概可以这样说：传奇是浪漫主义的，笔记是现实主义的。前几年流行笔记体小说，我想是出于作者对现实主义精神的要求。读者接受这样的小说，也是对于这种精神的要求。说得严重一点，是由于读者对于缺乏诚意的、浮华俗艳的小说的反感。笔记体小说所贵的是诚恳、亲切、平易、朴实。这　册小说中的若干篇正是这样。

　　但是我要对四位小说家说一句话：不要过早地归于平淡。郑板桥有一副对子："删繁就简三秋树，领异标新二月花"。由繁入简，由新奇到朴素，这是自然规律。梅兰芳说一个演员的艺术历程一般要经过三个阶段："少——

多——少"。年轻时苦于没有多少手段可用，中年时见的多，学的多了，就恨不得在台上都施展出来，到了晚年，才知道有所节制，以少胜多。你们现在年纪还轻，有权利恣睢放荡一点，写得放开一点。如果现在就写得这样俭约，到了我这个岁数，该怎么办呢？我倒觉得你们现在缺少一点东西：浪漫主义。

故乡和童年是文学的永恒主题。本书多篇是写童年往事的，这是非常自然的。一个人写小说，总离不开他所生活的环境。陆文夫说他决不离开苏州，因为他对苏州的里巷生活非常熟悉，一条巷子里所住的邻居，他们的祖宗三代，他都能倒背下来，写时可以信手拈来。我居住过比较久的地方是我的家乡高邮、昆明、北京、张家口的沙岭子，我写的小说也只能以这些地方为背景。我曾为调查一个剧本的材料数下内蒙古，也听了不少故事，但是我写不出一篇关于内蒙古的小说，因为我对蒙古族生活太不熟悉，提起笔来捉襟见肘，毫无自信。但是我觉得你们应该走出小十字口和蚂蚁湾，到处去看看。五岳归来，再来观察自己的生身故土，也许能看得更真切、更深刻一些。

四位对生活的态度是客观的，冷静的，他们隐藏了激情，对于蚁民的平淡的悲欢几乎是不动声色的。亚宝和小林打架，一个打破了头，一个头颅被切了下来，这本来是很可怕的，但是作者写得若无其事。好的，坏的，都不要叫出来，这种近似漠然的态度是很可佩服的。但是我希望你们能更深刻地看到平淡的、止水一样的生活中的严重的悲剧性，让读者产生更多的痛感，在平静的叙述中也不妨有一两声沉重的喊叫。能不能在你们的小说里注入更多的悲悯、更多的忧愤？

写作的初期阶段，受某个人的影响，甚至在文章的节奏、句式上有意识地学某个人，这都是难免的，或者可以说是青年作家的必经之路，但是这一段路应该很快地走过去，愿四位作家能早早发现自己，认识自己的气质，找到自己的位置，自成一家，不同于别人。

四位都还年轻，他们都还会变，不会被自己限制住。希望在不远的将来，他们的创作各各步入一个新的天地。

一九九〇年元旦

小滂河的水是会再清的

　　我和陶阳是五十年代认识的。那时他还很年轻，才从大学毕业。我们都在民间文艺研究会工作。陶阳在大学时就写诗。我看过他在报纸上发表的诗，看过他尚未写定的诗稿。我觉得他是一个农民的儿子，他是喝小滂河的清水长大的。我一直还记得他的一句诗：

　　　　家乡的高粱杀了吗？

　　（我们曾经讨论过"杀"字应该怎么写。）

　　后来我离开了民间文艺研究会，和陶阳只有一两次稿件上的往来，很少再联系。他后来从事神话和民间文学历

　　———————————
　　＊初刊于《文艺界通讯》一九九四年第四期，又载于一九九五年八月三日《光明日报》，此文是为陶阳《扶桑风情》（南海出版公司一九九四年版）所作序言；初收于北师大版《汪曾祺全集》第六卷。

史的研究，出版几本很有分量的专著。我未见他发诗，我以为他已经"洗手不干"，放弃写诗了。

不料他给我送来新编的一卷诗，让我写一个序。

陶阳曾在日本住了四个月。这个集子都是在日本写的，或写日本的。集名《扶桑风情》，我认为是合适的。"扶桑"不只是一个地理概念，而且寄托了一个中国人对日本的感情，从历史到现代的源远流长的感情。

四个月不算短，也不算长，能够写出多少东西？我有过这样的经验：到一个地方住了几天，想写一点感受印象，结果是觉得很一般化，抓不到什么东西，甚至觉得不值一写，于是废然而止。用散文写游记，有点像"冬瓜撞木钟"——不响。

陶阳另辟蹊径，写诗的他用诗人的角度，诗人的眼睛，诗人的感情看日本。于是便和一般的用散文写的记游叙事的流水账不同。

> 两道黑黑的眉毛，
> 一双水汪汪的眼睛，
> 墨染的发丝粉白的脸，
> 口似樱桃艳丽鲜红。
>
> 锦绣豪华的古装和服，

端庄富贵而柔美多情，
又宽又长的大水袖，
在清风中袅袅飘动。

蹒跚的洁白的木屐，
沉重而又轻盈，
像一只美丽的蝴蝶，
飞翔在芬芳的花丛。

（《穿和服的日本姑娘》）

这本来也是一个平淡的印象，平常人看一眼也就过去了，但是诗人怦然心动，他从东京街头日本少女一双素足上看到一种美。这种美带点凄婉的味道，这是一种难忘的、永恒的美。陶阳不虚此行。

陶阳的诗一般都是明白如话的。他不故弄玄虚，不"朦胧"，不晦涩难懂。但是并不就事论事，他有时有更多的联想，更多的意象，对人生有更多的感情，更深更广的思索，如《新宿之夜》：

天在下雨，
地在流动。
流动的花花世界，
流动的万家灯火。

流动的霓虹，

像流动的云，

流动的车灯，

像流动的河。

流动的音乐，

流动的感情，

流动的少女，

招徕流动的客。

新宿之夜，

一切在流动，

流动着欢乐，

也流动着罪恶。

陶阳的诗体是比较自由的格律诗。他并不把诗行弄得过分规整（如"五四"时期的"豆腐干体"），但每一行的音步是接近的，不搞过分参差（像现在许多诗人的自由诗）。陶阳押的韵是鲁迅所说的"大体相近的韵"，并不十分严格，有些地方甚至是不押韵的，但是陶阳很注意韵律感。比如《西之市》接连在句尾用了一串"库玛黛"，这造成一种鲜明的节奏，一种迫切热情的祈望，这首诗的音乐感很强烈。这些使我这个比较熟悉新诗传统的俗人觉得很亲切，我以为这也是兼通雅俗的途径，——我是反对把诗的形式搞得奇里古怪的，比如两个字占一行。

既是写日本的诗，又是小诗，不妨有意识的接受一点日本俳句的影响。比如《蟋蟀》是完全可以写成俳句的。要有俳句的味道，我以为是尽量含蓄，尽量不要直白，不要"理胜于情"，如陶阳的一位朋友所说，不要"实在"。此集有些首就太"实在"了。

我久不读诗，更少写诗。陶阳叫我写序，我只能说一点"大实话"。

小滂河的水被污染了，还会再清的。陶阳的心态也会像很多人一样，不免浮躁，但是他的诗情还会重新流动，像年轻时一样的清甜。

一九九四年三月一日

我的文学观

我对文学讲究社会物质效益表示不耐烦。文学是严肃的，文学不能玩，作品完成后放在抽屉里是个人的事，但发表出来就是社会的事，必然对读者产生影响。

但文学的影响是潜在的，不具体的，用一句话来说就是潜移默化的，它不是直接的立竿见影的作用，不是简单的立刻显出物质影响的作用。像过去说的看过一个戏就去扛枪打鬼子。这样的事不可能，这也不是文学的使命。

文学的使命和作用可用那句古诗形容。"随风潜入夜，润物细无声。"文学的作用主要在于提高读者的人格品味，提高人类的整体素质。现在有一些年轻人的确趣味不高，

＊初刊于《文友》一九九四年第八期，初收丁人民文学版《汪曾祺全集》第十卷。

要提高人类的趣味，我认为唯一有效的是文学，或者说文学是最有效的。

不要没烟抽了就写篇文章换烟钱，要把文学看成庄严的事业。

我上面说的是我的文学观，也是说给文学青年的话，如果还要说，我想有一点很重要，那就是思索。

现在流派很多，不要去理会，主张感受生活，观察生活是对的，但仅仅有所触动就动笔，马上写，是不能出现深层次的作品的，要想很多，整个创作过程思索很重要。有些年轻人没想好就写，自己还没想圆又怎么能写出好文章。之所以浮泛，是因为对生活没有更深的理解。

作家应当是通人

钱钟书先生说他这些年在中西文学方面所做的工作不是"比较",而是"打通"。我很欣赏"打通"说。

有一种说法我一直不理解: 越是民族的就越是世界的。我认为这句话不合逻辑,虽然这话最初好像是鲁迅说的。鲁迅的原意我不明白。现在老是强调这句话的中老年作家的意思我倒是明白的。无非是说只有他们的作品是最民族的,因此也是最世界的,最好的。别的,都不行。

我很不赞成一些老先生或半老的先生对青年作家的指责,说他们盲目摹仿西方文学。说有些东西在西方已经过时了,青年作家还当作宝贝捡起来。我觉得摹仿西方并没有什么不好。我们年轻时还不都是这样过来的?有些东西

＊初刊于一九九二年一月二十二日《新民晚报》,初收于《汪曾祺小品》。

不是那样容易过时，比如意识流。普鲁斯特、弗吉尼·沃尔芙的作品现在还有人看，怎么就过时了呢？

我们很需要有人做中西文学的打通工作。现在有人不是在打通，而是在设障。

还需要另外一种打通，即古典文学和当代创作之间的打通。现在是有些教古典文学的教授几乎不看任何当代文学作品，从古典到古典。当代作家相当多只看当代作品，从当代到当代。这种现象对两方面都不利。

还要有一种打通：古典文学、当代文学和民间文学之间的打通。这三者之间本来是可以相通的。我在湖南桑植读到过一首民歌：

　　　姐的帕子白又白，你给小郎分一截。小郎拿到走夜路，好比天上蛾眉月。

我当时立刻就想到王昌龄的《长信秋词》：

　　　玉颜不及寒鸦色，犹带昭阳日影来。

两者想象的奇绝超迈有相似处。

有一首傣族民歌，只有两句：

　　　斧头砍过的再生树，

　　　战争留下的孤儿。

这是不是像现代派的诗？

一个当代的中国作家应该是一个通人。

散文应是精品

近几年（也就是二三年吧），散文忽然悄悄兴起。散文有读者。在商品经济的冲击下，在流行歌曲、通俗小说、电视连续剧泛滥的时候，也还有一些人愿意一个人坐下来，泡一杯茶，看两篇散文，这是为什么？原因可能是：一、生活颠簸，心情浮躁，人们需要一点安静，一点有较高文化意味的休息；二、在粗俗文化的扰攘之中，想寻找一种比较精美的艺术享受，散文可以提供这样的享受，包括对语言的享受。这些年，把语言看成艺术，并从中得到愉快的人逐渐多起来，这是我们这个民族文化素养正在提高的可喜的征兆。

＊原载于《小说名家散文百题》（长江文艺出版社一九九四年版），初收于北师大版《汪曾祺全集》第六卷。

散文天地中有一现象值得玩味，即散文写得较多也较好的是两种人，一是女作家，二是老头子。女作家的感情、感觉比较细，这是她们写散文的优势。有人说散文是老人的文体，有一定道理。老年人阅历较多，感慨深远。老人读的书也较多，文章有较高的文化气息，多数老人的散文可归入"学者散文"。老年人文笔大都比较干净，不卖弄，少做作。但是往往比较枯瘦，不滋润，少才华，这是老人文章一病。

　　小说家的散文有什么特点？我看没有什么特点。一定要说，是有人物。小说是写人的，小说家在写散文的时候也总是想到人。即使是写游记，写习俗，乃至写草木虫鱼，也都是此中有人，呼之欲出。

四时佳兴

写　景

写景实不易。

郦道元《水经注·三峡》：

> 自三峡七百里中，两岸连山，略无阙处，重岩叠
> 嶂，隐天蔽日。自非亭午夜分，不见曦月。

我曾三过三峡，想写写对三峡的印象，但是无从措
手，只写了一首绝句，开头说"三过三峡未有诗，只余惊
愕拙言辞"，然而郦道元用了极短的几句话，就把三峡全
写出来了，非常真切，如在目前，真是大手笔！

柳宗元《至小丘西小石潭记》：

> 潭中鱼可百许头，皆若空游无所依。日光下澈，

　　＊初刊于一九九四年八月十五日《新民晚报》，初收于人民文学版
《汪曾祺全集》第十卷。

影布石上，怡然不动；俶尔远逝，往来翕忽，似与游者相乐。

这写的是鱼，实际上写的是水。鱼之游动如此，则水之清澈可知。这种借鱼写水的手法，为后来许多诗文所效法，而首创者实为柳宗元。

苏轼《记承天寺夜游》：

庭下如积水空明，水中藻、荇交横，盖竹柏影也。

这写的是月色，但不见月字。写此景，不说出是何景，只写出对景的感觉，这是中国的传统方法。自来写月色者，以东坡此文写得最美。

姚鼐《登泰山记》：

……道中迷雾冰滑，磴几不可登。及既上，苍山负雪，明烛天南，望晚日照城郭，汶水、徂徕如画，而半山居雾若带然。

中国人写诗文都讲究"炼"字，用"未经人道语"，但炼字不可露痕迹，要自然，好像不是炼出来的，"自下得不觉"。姚文"负"字、"烛"字、"居"字都是这样。"居"字下得尤好。

写散文，多读几篇古文有好处。

一九九四年五月九日

思想・语言・结构

　　今天让我谈小说。没有系统，只是杂谈。杂谈也得大体有个范围，野马不能跑得太远。有个题目，是思想·语言·结构。

　　小说里最重要的是什么？我以为是思想。这不是理论书里所说的思想性、艺术性的思想。一般所说的思想性其实是政治性。思想是作者自己的思想，不是别人的思想，不是从哪本经典著作里引申出来的思想。是作家自己对生活的独特的感受，独特的思索和独特的感悟。思索是很重要的。我们接触到一个生活的片段，有所触动，这只是创作的最初的契因，对于这个生活片段的全部内涵，它的深层的意义还没有理解。感觉到的东西我们还不能理解它，

---

　　*初刊于《大地》一九九四年第三、四期合刊，初收于《塔上随笔》。

只有理解了的东西才能更深地感觉它。我以为这是对的。理解不会一次完成，要经过反复多次的思索，一次比一次更深入地思索。一个作家和普通人的不同，无非是看得更深一点，想得更多一点。我有的小说重写了三四次。为什么要重写？因为我还没有挖掘到这个生活片段的更深、更广的意义。我写过一篇小说很短，大概也就是两千字吧，改写过三次。题目是《职业》。刘心武拿到稿子，说："这样短的小说，为什么要用这样大的题目。"他看过之后，说："是该用这么大的题目。"《职业》是个很大的题目。职业是对人的限制，对人的框定，意味着人的选择自由的失去，无限可能性的失去。这篇小说写的是一个十一二岁的孩子，正是学龄儿童，如果上学，该是小学五六年级。但是他没有上学。他过早地从事了职业，卖两种淡而无味的食品：椒盐饼子西洋糕。他挎一个腰圆形的木盒，一边走一边吆喝。他的吆喝是有腔有调的，谱出来是这样：

| 5 5 6 —— | 5 3 2̇ ——‖

　　椒盐饼子　　西洋 糕

（这是我的小说里唯一带曲谱的。）

　　这条街（文林街）上有一些孩子，比卖椒盐饼子西洋糕的略小一点，他们都在上学。他们听见卖椒盐饼子西洋糕的孩子吆喝，就跟在身后摹仿他，但是把词儿改了，改成：

| 5 5 6 —— | 5 3 $\overset{\bullet}{2}$ —— ‖

　　捏着 鼻子 —— 吹洋号

　　卖椒盐饼子西洋糕的孩子并不生气，爱学就学去吧！

　　他走街串巷吆喝，一心一意做生意。他不是个孩子，是个小大人。

　　一天，他暂时离开了他的职业。他姥姥过生日，他跟老板请了半天假，到姥姥家去吃饭。他走进一条很深的巷子，两头看看没人，大声吆喝了一句："捏着鼻子——吹洋号！"

　　这是对自己的揶揄调侃。这孩子是有幽默感的。他的幽默是很苦的。凡幽默，都带一点苦味。

　　写到这里，主题似乎已经完成了。

　　写第四稿时我把内容扩展了一下，写了文林街上几种叫卖的声音。有一个收买旧衣烂衫的女人，嗓子非常脆亮，吆喝"有——旧衣烂衫找来卖！"一个贵州人卖一种叫化风丹的药："有人买贵州遵义板桥的化风丹？"每天傍晚，一个苍老的声音叫卖臭虫药、跳蚤药："壁虱药、虼蚤药"。苗族的女孩子卖杨梅，卖玉麦（即苞谷）粑粑。戴着小花帽，穿着扳尖的绣花布鞋，声音娇娇的。"卖杨梅——""玉麦粑粑——"她们把山里的初秋带到了昆明的街头。

这些叫卖声成了卖椒盐饼子西洋糕的背景。

"椒盐饼子西洋糕!"

这样,内涵就更丰富,主题也深化了,从"失去童年的童年"延伸为:"人世多苦辛"。

我写过一篇千字小说,《虐猫》,写"文化大革命"中的孩子。"文化大革命"把人的恶德全都暴露出来,人变得那么自私,残忍。孩子也受了影响。大人整天忙于斗争,你斗我,我斗你。孩子没有人管,他们就整天瞎玩。他们后来想出一种玩法,虐待猫,把猫的胡子剪了,在猫尾巴上拴一串鞭炮,点着了。他们想出一种奇怪的恶作剧,找四个西药瓶盖,翻过来,放进万能胶,把猫的四只脚焊在里头。猫一走,一滑,非常难受。最后想出一个简单的玩法,把猫从六楼上扔下来,摔死。这天他们又捉住一只大花猫,用绳子拴着拉回来。到了他们住的楼前,楼前围着一圈人:一个孩子的父亲从六楼上跳下来了,这几个孩子没有从六楼上把猫往下扔,他们把猫放了。

如果只写到这几个孩子用各种办法虐待猫,是从侧面写"文化大革命"对人性的破坏,是"伤痕文学"。写他们把猫放了,是人性的回归。我们这个民族还是有希望的。

想好了最后一笔,我才能动手写这篇小说,一千字的小说，我想了很长时间。

谈谈语言的四种特性：内容性、文化性、暗示性、流动性。

一般都把语言看成只是表现形式。语言不仅是形式，也是内容。语言和内容（思想）是同时存在，不可剥离的。语言不只是载体，是本体。斯大林说语言是思想的直接的现实，我以为是对的。思想和语言之间并没有中介。世界上没有没有思想的语言，也没有没有语言的思想。读者读一篇小说，首先被感染的是语言。我们不能说这张画画得不错，就是色彩和线条差一点；这支曲子不错，就是旋律和节奏差一点。我们也不能说这篇小说写得不错，就是语言差一点。这句话是不能成立的。可是我们常常听到这样的评论。语言不好，小说必然不好。语言的粗俗就是思想的粗俗，语言的鄙陋就是内容的鄙陋。想得好，才写得好。闻一多先生在《庄子》一文中说过："他的文字不仅是表现思想的工具，似乎也是一种目的。"我把它发展了一下：写小说就是写语言。

语言是一种文化现象。语言的后面都有文化的积淀。古人说"无一字无来历"，其实我们所用的语言都是有来历的，都是继承了古人的语言，或发展变化了古人的语言。如果说一种从来没有人说过的话，别人就没法懂。一个作家的语言表现了作家的全部文化素养。作家应该多读书。杜甫说："读书破万卷，下笔如有神。"是对的。除了书面文化，还有一种文化，民间口头文化。李季对信天游是很熟悉的。赵树理一个人能唱一出上党梆子，口念锣鼓、过门，手脚齐用使身段，还误不了唱。贾平凹对西北的地方戏知道得很多。我编过几年《民间文学》，深知民间文学是一个海洋，一个宝库。我在兰州认识一位诗人。兰州的民歌是"花儿"。花儿的形式很特别。中国的民歌（四句头山歌）是绝句，花儿的节拍却像词里的小令。花儿的比喻很丰富，押韵很精巧。这位诗人怀疑这是专业诗人的创作流传到民间去的。有一次他去参加一个花儿会，跟婆媳二人同船。这婆媳二人把这位诗人"唬背了"。她们一路上没有说一句散文，所有对话都是押韵的。韵脚对民歌的歌手来说，不是镣铐，而是翅膀。这个媳妇到娘娘庙去求子。她跪下祷告，不是说送子娘娘，你给我一个孩子，我为你重修庙宇，再塑金身……只有三句话：

今年来了我是跟您要着哪，

明年来了我是手里抱着哪，

咯咯嘎嘎地笑着哪。

三句话把她的美好的愿望全都表现出来了，这真是最美的祷告词。这三句话不但押韵，而且押调。"要"、"抱"、"笑"都是去声。而且每句的句尾都是"着哪"。

民歌的想象是很奇特的。乐府诗《枯鱼过河泣》：

> 枯鱼过河泣，
>
> 何时悔复及。
>
> 作书与鲂鲕，
>
> 相教慎出入。

研究乐府诗的学者说："汉人每有此奇想"。枯鱼（干鱼）怎么还能写信呢？

我读过一首广西民歌，想象也很"奇"，与此类似：

> 石榴花开朵朵红。
>
> 蝴蝶写信给蜜蜂，
>
> 蜘蛛结网拦了路，
>
> 水漫蓝桥路不通。

我曾经想过一个问题：民歌都是抒情诗（情歌），有没有哲理诗？少，但是有。你们湖南邵阳有一首民歌，写插秧，湖南叫插田：

> 赤脚双双来插田，
>
> 低头看见水中天。
>
> 行行插得齐齐整，
>
> 退步原来是向前。

"低头看见水中天"，有禅味。"退步原来是向前"，是哲学的思辨。

民歌有些手法是很"现代"的。我在你们湖南桑植——贺老总的家乡，读到一首民歌：

> 姐的帕子白又白，
>
> 你给小郎分一截。
>
> 小郎拿到走夜路，
>
> 好比天上蛾眉月。

这种想象和王昌龄的《长信秋词》的"玉颜不及寒鸦色，犹带昭阳日影来"有相似处。

我读过一首傣族民歌，只有两句：

> 斧头砍过的再生树，
>
> 战争留下的孤儿。

两句，说了多少东西！这不是现代派的诗么？一说起民歌，很多人都觉得很"土"，其实不然。

我觉得不熟悉民歌的作家不是好作家。

语言的美要看它传递了多少信息，暗示出文字以外的多少东西，平庸的语言一句话只是一句话，艺术的语言一句话说了好多句话。即所谓"言外之意"，"弦外之音"。

朱庆余《近试上张水部》，本是刺探一下当前文风所尚，写的却是一个新嫁娘：

四时佳兴

洞房昨夜停红烛，

待晓堂前拜舅姑，

妆罢低声问夫婿，

画眉深浅入时无？

这四句诗没有一句写到这个新嫁娘的长相，但是宋朝人（是洪迈？）就说这一定是一个绝色的美女。

崔颢的《长干曲》：

君家在何处，

妾住在横塘。

停舟暂借问，

或恐是同乡。

这四句诗明白如话，好像没有说什么东西，但是说出了很多很多东西。宋人（是苏辙？）说这首诗"墨光四射，无字处皆有字"。

中国画讲究"留白"，"计白当黑"。小说也要"留白"，不能写得太满。十九世纪和二十世纪的作者和读者的关系变了。十九世纪的小说家是上帝，他什么都知道，比如巴尔扎克。读者是信徒，只有老老实实地听着。二十世纪的读者和作者是平等的，他的"参与意识"很强。他要参与创作。我相信接受美学。作品是作者和读者共同完成的。如果一篇小说把什么都说了，读者就会反感：你都说了，要我干什么？一篇小说要留有余地，留出大量的空白，让读者可以自由地思索、认同、判断、首肯。

要使小说语言有更多的暗示性，唯一的办法是尽量少写，能不写的就不写。不写的，让读者去写。古人说："以己少少许，胜人多多许"，写少了，实际上是写多了，这是上算的事。——当然，这样稿费就会少了。——一个作家难道是为稿费活着的么？

语言是活的，流动的。语言不是像盖房子似的，一块砖一块砖叠出来的。语言是树，是长出来的。树有树根、树干、树枝、树叶，但是是一个有机的整体。树的内部的汁液是流通的。一枝动，百枝摇。初学写字的人，是一个字一个字写出来的，书法家写字是一行一行地写出来的。中国书法讲究"行气"。王羲之的字被称为"一笔书"，不是说从头一个字到末一个字笔划都是连着的，而是说内部的气势是贯串的，写好每一个句子是重要的。福楼拜和契诃夫都说过一个句子只有一个最好的说法。更重要的是处理好句与句之间的关系。你们湖南的评论家凌宇曾说过：汪曾祺的语言很奇怪，拆开来看，都很平常，放在一起，就有一种韵味。我想谁的语言都是这样的，七宝楼台，拆下来不成片段。问题是怎样"放在一起"。清代的艺术评论家包世臣论王羲之和赵子昂的字，说赵字如士人入隘巷，彼此雍容揖让，而争先恐后，面形于色。王羲之的字如老翁携带幼孙，痛痒相关，顾盼有情。要使句与句，段与段产生"顾盼"。要养成一个习惯，想好一段，自己能够背下来，再写。不要写一句想一句。

中国人讲究"文气"，从《文心雕龙》到桐城派都讲这个东西。我觉得讲得最明白，最具体的，是韩愈。韩愈说：

> 气，水也；言，浮物也。水大而物之浮者大小毕浮。气盛则言之短长与声之高下皆宜。

后来的人把他这段话概括成四个字："气盛言宜"。韩愈提出一个语言的标准："宜"。"宜"，就是合适、准确。"宜"的具体标准是"言之短长"与"声之高下"。语言构造千变万化，其实也很简单：长句子和短句子互相搭配。"声之高下"指语言的声调，语言的音乐性。有人写一句诗，改了一个字，其实两个字的意思是 样的，为什么要改呢？另一个诗人明白："为声俊耳"。要培养自己的"语感"，感觉到声俊不俊。中国语言有四声，构成中国语言特有的音乐性。一个写小说的人要懂得四声平仄，要读一点诗词，这样才能使自己的语言"俊"一点。

结构无定式。我曾经写过一篇谈小说的文章，说结构的精义是，随便。林斤澜很不满意，说："我讲了一辈子结构，你却说'随便'！"我后来补充了几个字："苦心经营的随便"，斤澜说："这还差不多。"我是不赞成把小说的结构规定出若干公式的：平行结构、交叉结构、攒珠式结构、橘瓣式结构……我认为有多少篇小说就有多少种结构方法。我的《大淖记事》发表后，有两种不同的意见。有人认为这篇小说的结构很不均衡。小说共五节，前三节都是写大淖这个地方的风土人情，没有人物，主要人物到第四节才出现。有人认为这篇小说的好处正在结构特别，我有的小说一上来就介绍人物，如《岁寒三友》,《复仇》用意识流结构，《天鹅之死》时空交错，去年发表的《小芳》却是完全的平铺直叙。我认为一篇小说的结构是这篇小说所表现的生活所决定的。生活的样式，就是小说的样式。

过去的中国文论不大讲"结构"，讲"章法"。桐城派认为章法最要紧的是断续和呼应。什么地方该切断，什么地方该延续；前后文怎样呼应。但是要看不出人为的痕迹。刘大櫆说："彼知有所谓断续，不知有无断续之断续；彼知有所谓呼应，不知有无呼应之呼应"。章太炎论汪中的骈文："起止自在，无首尾呼应之式。"这样的结构，中国人谓之"化"。苏东坡说"大略如行云流水，初无定质，但常行于所当行，止于所不可不止，文理自然，姿态横生"（《答谢民师书》）。文章写到这样，真是到了"随便"

的境界。

小说的开头和结尾要写好。

古人云："自古文章争一起"。孙犁同志曾说过：开头很重要，开头开好了，下面就可以头头是道。这是经验之谈。要写好第一段，第一段里的第一句。我写小说一般是"一遍稿"，但是开头总要废掉两三张稿纸。开头以峭拔为好。欧阳修的《醉翁亭记》原来的第一句是："滁之四周皆山。"起得比较平。后来改成"环滁皆山也"，就峭拔得多，领起了下边的气势。我写过一篇小说《徙》。这篇小说是写我的小学的国文老师的，他是小学校歌的歌词作者，我从小学校歌写起。原来的开头是：世界上曾经有过很多歌，都已经消失了。

我到海边转了转（这篇小说是在青岛对面的黄岛写的），回来换了一张稿纸，重新开头：很多歌消失了。

这样不但比较峭拔，而且有更深的感慨。

奉劝青年作家，不要轻易下笔，要"慎始"。

其次，要"善终"，写好结尾。

往往有这种情况，小说通篇写得不错，可是结尾平常，于是全功尽弃。结尾于"谋篇"时就要想好，至少大体想好。这样整个小说才有个走向，不至于写到哪里算哪里，成了没有脑线的一风筝。

有各式各样结尾。

汤显祖评《董西厢》，说董很善于每一出的结尾。汤显祖认为《董西厢》的结尾有两种，一种是"煞尾"，一种是"度尾"，"煞尾""如骏马收缰，寸步不移"；"度尾""如画舫笙歌，从远处来，过近处，又向远处去"。汤显祖不愧是大才子，他的评论很形象，很有诗意，我觉得结尾虽有多种，但不外是"煞尾"和"度尾"。

我已经讲得不少，占用了大家很多时间。谢谢！

一九九三年八月三日在湖南娄底讲
一九九三年八月十七日在北京追记

学话常谈

惊人与平淡

杜甫诗云："语不惊人死不休"，宋人论诗，常说"造语平淡"。究竟是惊人好，还是平淡好？

平淡好。

但是平淡不易。

平淡不是从头平淡，平淡到底。这样的语言不是平淡，而是"寡"。山西人说一件事、一个人、一句话没有意思，就说："看那寡的！"

宋人所说的平淡可以说是"第二次的平淡"。

苏东坡尝有书与其侄云：

*初刊时间、初刊处未详，初收于《汪曾祺文集·文论卷》。

"大凡为文，当使气象峥嵘，五色绚烂。渐老渐熟，乃造平淡。"

葛立方《韵语阳秋》云：

"大抵欲造平淡，当自绚丽中来，然后可造平淡之境。落其华芬，然后可造平淡之境。"

平淡是苦思冥想的结果。欧阳修《六一诗话》说：

"（梅）圣俞平生苦于吟咏，以闲远古淡为意，故其构思极艰。"

《韵语阳秋》引梅圣俞和晏相诗云：

"因今适性情，稍欲到平淡。苦词未圆熟，刺口剧菱芡。"

言到平淡处甚难也。

运用语言，要有取舍，不能拿起笔来就写。姜白石云：

"人所易言，我寡言之。人所难言，我易言之，自不俗。"

作诗文要知躲避。有些话不说。有些话不像别人那样说。至于把难说的话容易地说出，举重若轻，不觉吃力，这更是功夫。苏东坡作《病鹤》诗，有句"三尺长胫□瘦躯"，抄本缺第五字，几位诗人都来补这个字。后来找来旧本，这个字是"搁"，大家都佩服。杜甫有一句诗"身轻一鸟□"，刻本末一字模糊不清，几位诗人猜这是什么字。有说是"飞"，有说是"落"……后来见到善本，乃是"身轻一鸟过"，大家也都佩服。苏东坡的"搁"字写病鹤，确是很能状其神态，但总有点"做"，终觉吃力，不似杜诗"过"字之轻松自然，若不经意，而下字极准。

平淡而有味，材料、功夫都要到家。四川菜里的"开水白菜"，汤清可以注砚，但是并不真是开水煮的白菜，用的是鸡汤。

方　言

作家要对语言有特殊的兴趣，对各地方言都有兴趣，能感受、欣赏方言之美，方言的妙处。

上海话不是最有表现力的方言，但是有些上海话是不能代替的。比如"辣辣两记耳光！"这只是用上海方音读出来才有劲。曾在报纸上读一纸短文，谈泡饭，说有两个远洋轮上的水手，想念上海，想念上海的泡饭，说回上海首先要"杀杀搏搏吃两碗泡饭！""杀杀搏搏"说得真是过瘾。

有一个关于苏州人的笑话，说两位苏州人吵了架，几至动武，一位说："阿要把俫两记耳光搭搭？"用小菜佐酒，叫做"搭搭"。打人还要征求对方的同意，这句话真正是"吴侬软语"，很能表现苏州人的特点。当然，这是个夸张的笑话，苏州人虽"软"，不会软到这个样子。

有苏州人、杭州人、绍兴人和一位扬州人到一个庙里，看到"四大金刚"，各说了一句有本乡特点的话，扬州人念了四句诗：

> 四大金刚不出奇，
>
> 里头是草外头是泥。
>
> 你不要夸你个子大，
>
> 你敢跟我洗澡去！

这首诗很有扬州的生活特点。扬州人早上皮包水（上茶馆吃茶），晚上"水包皮"（下澡塘洗澡）。四大金刚当然不敢洗澡去，那就会泡烂了。这里的"去"须用扬州方音，读如 kì。

写有地方特点的小说、散文，应适当地用一点本地方言。我写《七里茶坊》，里面引用黑板报上的顺口溜："天寒地冻百不咋，心里装着全天下"，"百不咋"就是张家口一带的话。《黄油烙饼》里有这样几句："这车的样子真可笑，车轱辘是两个木头饼子，还不怎么圆，骨鲁鲁，骨鲁鲁，往前滚。"这里的"骨鲁鲁"要用张家口坝上口音读，

"骨"字读入声。如用北京音读，即少韵味。

幽　默

《梦溪笔谈》载：

> 关中无螃蟹。元丰中，予在陕西，闻秦州人家收得一干蟹，土人怖其形状，以为怪物，每人家有病疟者，则借去挂门户上，往往遂差。不但人不识，鬼亦不识也。

过去以为生疟疾是疟鬼作祟，故云。"不但人不识，鬼亦不识也"，说得非常幽默。这句话如译为口语，味道就差一些了，只能用笔记体的比较通俗的文言写。有人说中国无幽默，噫，是何言欤！宋人笔记，如《梦溪笔谈》、《容斋随笔》，有不少是写得很幽默的。

幽默要轻轻淡淡，使人忍俊不禁，不能存心使人发笑，如北京人所说"胳肢人"。

一九九三年二月十七日

词曲的方言与官话

　　我的家乡，宋代出了个大词人秦观，明代出了个散曲大家王磐。我读他们的作品，有一点外乡人不大会有的兴趣，想看看他们的作品里有没有高邮话。结果是，秦少游的词里有，王西楼的散曲里没有。

　　夏敬观《手批山谷词》谓："以市井语入词，始于柳耆卿，少游，山谷各有数篇"。今检《淮海居士长短句》，"以市井语入词"者似只三首。一首《满园花》，两首《品令》。《满园花》不知用的是什么地方的俚语，《品令》则大体上可以断定用的是高邮话。《品令》二首录如下：

　　一、幸自得。一分索强，教人难吃。好好地，恶了十

　　＊初刊于《中国文化》一九九〇年春季号（总第二期），初收于《汪曾祺小品》。

来日。恰而今，较些不？　须管啜持教笑，又也何须肬织！衡倚赖，脸儿得人惜。放软顽，道不得！

二、掉又罨。天然个品格，于中压一。帘儿下，时把鞋儿踢。语低低、笑咭咭。　每每秦楼相见，见了无限怜惜。人前强，不欲相沾识。把不定，脸儿赤。

首先是这首词的用韵。刘师培《论文杂记》"宋人词多叶韵，……（秦观《品令》用织、吃、日、不、惜为韵，则职、锡、质、物、陌五韵可通用矣）。"刘师培是把官修诗韵的概念套用到词上来了。"职、锡、质、物、陌"五韵大概到宋代已经分不清，无所谓"通用"。毛西河谓"词本无韵"，不是说不押韵，是说词本没有官定的，或具有权威的韵书，所押的只是"大致相近"的韵。张玉田谓："词以协律，当以口舌相调"。只要唱起来顺口，听起来顺耳，就行。《品令》所押的是入声韵，入声韵短促，调值相近，几乎可以归为一大类，很难区别。用今天的高邮话读《品令》，觉得很自然，没有一点别扭。

焦循《雕菰楼词话》："秦少游《品令》'掉又罨，天然个品格'，此正秦邮土音，今高邮人皆然也。"焦循是甘泉人，于高邮为邻县，所言当有据。其实不只这一个"个"字，凭直觉，我觉得这两首词通篇都是用高邮话写的。"肬织"旧注以为"即'肬胎'，意犹多曲折，不顺遂"，不可通。朱延庆君以为"肟织"即"胳肢"，今高邮人犹有读第二字为入声者，其说近是。"啜持"是用甜言蜜语哄哄。整句意思是：说两句好听的话哄哄你，准能教你笑，也用不着胳肢你！这两首词皆以方言写艳情，似是写给同一个人的，这人是一个惯会撒娇使小性儿的妓女。《淮海居士长短句·附录二，秦观词年表》推测二词写于熙宁九年，这年少游二十八岁，在家乡闲居，时作冶游，所相与的妓女当也是高邮人，故以高邮方言写词状其娇痴，这也是很自然的。词的语句，虽如夏敬观所说："时移世易，语言变迁，后之阅者渐不能明"，很难逐句解释，但用今天的高邮话读起来，大体上还是能体味到它的情趣的，高邮人对这两首词会感到格外亲切。

少游有《醉乡春》，如下：

> 唤起一声人悄，衾冷梦寒窗晓。瘴雨过，海棠开，春色又添多少。　　社瓮酿成微笑，半缺椰瓢共舀。觉顷倒，急投床，醉乡广大人间小。

此词是元符元年于横州作，用的是通行的官话，非高邮土音。但有一个字有点高邮话的痕迹："舀"。王本补遗案曰"地志作'酌'，出韵，误"。《词品》卷三："此词本集不载，见于地志。而修《一统志》者不识'舀'字，妄改可笑"。《雨村词话》："舀，音咬，以瓢取水也"。《词林纪事》卷六按："换头第二句'舀'字，《广韵》上声三十'小'部有此字，以治切，正与'悄'字押"。看来有不少人不认识这个字，但在高邮，这不是什么冷字。高邮人谓以器取水皆曰舀，不一定是用瓢。用一节竹筒旁安一长把，以取水，就叫做"水舀子"。用磁勺取汤，也叫做"舀一勺汤"。这个字不是高邮所独有，但少游是高邮人，对这个字很熟悉，故能押得自然省力耳。

王磐写散曲，我一直觉得有些奇怪。在他以前和以后，都不曾听说高邮还有什么人写过散曲。一个高邮人，怎么会掌握这种北方的歌曲形式，熟悉北方语言呢？

《康熙扬州府志》云："王磐，字鸿渐，高邮人，……与金陵陈大声并为南曲之冠"。这"南曲"易为人误会。其实这里所说的"南曲"，是指南方的曲家。王磐所写，都是北曲。王骥德《曲律·论咏物》云"小令北调，王西楼最佳"。又《杂论》举当世之为北调者，谓"维扬则王山人西楼"。又云"客问词人之冠，余曰：于北词得一人，曰高邮王西楼"。任中敏校阅《王西楼乐府》后记："观于此本内无一南曲"。

写北曲得用北方语言，押北方韵。王西楼对此极内行。如《久雪》：

乱飘来燕塞边，密洒向程门外，恰飞还梁苑去，又舞过灞桥来。攘攘皑皑，颠倒把乾坤碍，分明将造化埋。荡磨的红日无光，隈逼的青山失色。

"色"字有两读，一读 se，而在我们家乡是读入声的；一读 shai，上声，这是河北、山东语音，我的家乡没有这样的读音。然而王磐用的这个"色"字分明应该读（或唱）成 shai 的，否则就不押韵。王磐能用 shai 押韵，押得很稳，北曲的味道很浓，这是什么道理呢？是他对《中原音韵》翻得烂熟，还是他会说北方话，即官话？我看后一种可能更大一些，否则不会这样运用自如。然而王西楼似未到过北方，而且好像足迹未出高邮一步，他怎能说北方话？这又颇为奇怪。有一种可能是当时官话已在全国流行，高邮人也能操北语了。我很难想象这位"构楼于城西僻地，坐卧其间"的王老先生说的是怎样的一口官话。

一九八九年十一月二十七日

语文短简

普通而又独特的语言

鲁迅的《高老夫子》中高尔础说:"女学堂越来越不像话,我辈正经人确乎犯不着和他们酱在一起"(手边无鲁迅集,所引或有出入)。"酱"字甚妙。如果用北京话说:"犯不着和他们一块掺和",味道就差多了。沈从文的小说,写一个水手,没有钱,不能参加赌博,就"镶"在一边看别人打牌。"镶"字甚妙。如果说是"靠"在一边,"挤"在一边,就失去原来的味道。"酱"字、"镶"字,大概本是口语,绍兴人(鲁迅是绍兴人)、凤凰人(沈从文是湘西凤凰人),大概平常就是这样说的。但是在文学作品

---

*初刊于一九九三年三月二十二日《语文报》,初收于《塔上随笔》。

里没有人这样用过。

屠格涅夫的散文诗写伐木，有句云"大树缓慢地，庄重地倒下了"。"庄重"不仅写出了树的神态，而且引发了读者对人生的深沉、广阔的感慨。

阿城的小说里写"老鹰在天上移来移去"。这非常准确。老鹰在高空，是看不出翅膀搏动的，看不出鹰在"飞"，只是"移来移去"。同时，这写出了被流放在绝域的知青的寂寞的心情。

我曾经在一个果园劳动，每天下工，天已昏暗，总有一列火车从我们的果园的"树墙子"外面驰过，车窗的灯光映在树墙子上，我一直想写下这个印象。有一天，终于抓住了。

> 车窗蜜黄色的灯光连续地映在果树东边的树墙子上，一方块，一方块，川流不息地追赶着……

"追赶着"，我自以为写得很准确。这是我长期观察、思索，才捕捉到的印象。

好的语言，都不是奇里古怪的语言，不是鲁迅所说的"谁也不懂的形容词之类"，都只是平常普通的语言，只是在平常语中注入新意，写出了"人人心中所有，而笔下所无"的"未经人道语"。

平常而又独到的语言，来自于长期的观察、思索、捉摸。

读诗不可抬杠

苏东坡《惠崇小景》诗云："春江水暖鸭先知"，这是名句，但当时就有人说："鸭先知，鹅不能先知耶？"这是抬杠。

林和靖咏梅诗："疏影横斜水清浅，暗香浮动月黄昏"，是千古名句。宋代就有人问苏东坡，这两句写桃杏亦可，为什么就一定写的是梅花？东坡笑曰："此写桃杏诚亦可，但恐桃杏不敢当耳！"

有人对"红杏枝头春意闹"有意见，说："杏花没有声音，'闹'什么？""满宫明月梨花白"，有人说："梨花本来是白的，说它干什么？"

跟这样的人没法谈诗。但是，他可以当副部长。

想　象

闻宋代画院取录画师，常出一些画题，以试画师的想象力。有些画题是很不好画的。如"踏花归去马蹄香"，"香"怎么画得出？画师都束手。有一画师很聪明，画出来了。他画了一个人骑了马，两只蝴蝶追随着马蹄飞。"深山藏古寺"，难的是一个"藏"字，藏就看不见了，看不见，又要让人知道有一座古寺在深山里藏着。许多画师的画都是在深山密林中露一角檐牙，都未被录取。有一个画师不画寺，画了一个小和尚到山下溪边挑水。和尚来挑水，则山中必有寺矣。有一幅画画昨夜宫人饮酒闲话。这是"昨夜"的事，怎么画？这位画师画了一角宫门，一大早，一个宫女端着笸箩出来倒果壳，荔枝壳、桂圆壳、栗子壳、鸭脚（银杏）壳……这样，宫人们昨夜的豪华而闲适的生活可以想见。

老舍先生曾点题请齐白石画四幅屏条，有一条求画苏曼殊的一句诗："蛙声十里出山泉"。这很难画。"蛙声"，还要从十里外的山泉中出来。齐老人在画幅两侧用浓墨画了直立的石头，用淡墨画了一道曲曲弯弯的山泉水，在泉水下边画了七八只摆尾游动的蝌蚪。真是亏他想得出。

艺术，必须有想象，画画是这样，写文章也是这样。

一九九二年十二月二十六日

对仗·平仄

　　英文《中国文学》翻译了我的小说《受戒》。事前我就
为译者想：这篇东西是很难翻的。《受戒》这个词英文里大
概没有，翻译家把题目改了，改成"一个小和尚的恋爱故
事"，这不免有点叫人啼笑皆非。小说里有四副对联，这
怎么翻？样书寄到，拆开来看看正文，这位翻译家对对联
采取了一个干净绝妙的办法：全部删掉。我所见到的这篇
小说的几个译本对对联大都只翻一个意思，不保留格式。
只有德文译文看得出是一副对联：上下两句的字数一样，
很整齐。这位德文译者真是下了功夫！但就是这样，也还
是形似而已，不是真正的对联。

　　* 初刊于一九九六年十二月十二日《书友周报》，初收于北师大版
《汪曾祺全集》第六卷。

对联是中国特有的艺术形式。对联的前提是必须是单音缀（或节）的语言，一字、一音、一意。西方的语言都是多音节的，"对"不起来。

与对仗有关的是中国话（主要指汉语）有"调"。据说古梵语有调，其他国家的语言都没有鲜明的音高调值差别。郭沫若参加世界和平理事会，约翰逊主教就觉得郭说话好像在唱歌，就是因为郭老的语言有高低调值。中国人觉得老外说话都是平的，外国人学说中国话最"玩不转"的便是"调"。

对联的上下联相同位置的字音要相反，上联此位置的字是平声，则下联此位置之字必须是仄声。两联的意思一般是一开一阖，一正一反，相辅相成。或两联意境均大，如"大漠孤烟直，长河落日圆"；或两句都小，如"细雨鱼儿出，微风燕子斜"。有些对句极工巧，而内涵深远，如李商隐"此日六军同驻马，当年七夕笑牵牛"。有"无情对"，只是字面相对，意思上并无联系，如我的小说《受戒》中的一副对联：

一花一世界，

三邈三菩提。

"三邈三菩提"的"三"并非幺二三的三，这不是数字是梵语汇音。有"流水对"，上一句和下一句一气贯穿，如同流水，似乎没有对，如"三十一年还旧国，落花时节读华章"。"流水对"最难写，毛泽东这一联极有功力。

由于有对仗、平仄，就形成中国话的特有的语言美，特有的音乐感。有人写诗，两个字意思差不多，用这个字、不用那个字，只是"为声俊耳"（此语出处失记）。作为一个当代作家应该注意培养语言的审美感觉，语言的音乐感，能感受哪个字"响"，哪个字不"响"。

我们今天写散文或小说，不必那么严格地讲对仗，讲平仄，但知道其中道理，使笔下有丰富的语感，是有好处的。我写小说《幽冥钟》，写一座古寺的罗汉堂外有两棵银杏树，已是数百年物，"夏天，一地浓阴。冬天，满阶黄叶。"如果完全不讲对仗，不讲平仄，就不能产生古旧荒凉的意境。

句读·气口

蒋大为唱的"在那桃花盛开的地方"断句错了。按歌词的正常的语言断续，应该是：

"在那——桃花盛开的地方"，蒋大为却处理成：

"在那桃花——盛开的地方"。这样的处理，作曲的同志有责任，而且"桃花"音调颇高，听起来很别扭，使人觉得这是一个破句。

当断不断，不当断而断，曲调和语言游离，这在歌曲中是常见的现象。突出的例子是《国际歌》。《国际歌》最后一句"团结起来，到明天，英特纳性耐儿，就一定要实现"，"到明天"应该属下，不当属上。现在属上，于是成

＊初刊于一九九七年五月二十八日《文汇报》，初收于北师大版《汪曾祺全集》第六卷。

了"团结起来到明天，英特纳性耐儿就一定要实现"。"团结起来到明天"，后天是不是就不要团结了？解放初期真的有一部电影，片名就叫《团结起来到明天》，这不成了笑话？《国际歌》造成这样的误会，跟翻译有关。汉语和外语本来就有很大差别，要求汉语的歌词和西方音乐的旋律相契合，天衣无缝，不相龃龉，实在是很难。用汉语唱西洋歌剧，常使人觉得不知所云，非常可笑，大大削弱了音乐本应产生的艺术感染的效果。解决这个问题不是简单的事，不是翻译出来了就能唱。然而问题总要解决。已经有人做了探索，取得很好的成绩，比如王洛宾。

和句读有密切关系的是气口。中国戏曲非常注意用气，换气、偷气。像李多奎那样能把一个长腔一口气唱到底，当中不换气，是少有的。李多爷不知道怎么会有那样长的气。裘盛戎晚年精研气口。盛戎曾跟我说："年轻时傻小子睡凉炕，怎样唱都行。我现在上了岁数了，得在用气上下功夫，——花脸一句腔得用多少气呀！"过去私塾教学，老师须在书上用朱笔圈点。凡需略停顿处，加一"瓜子点"；需较长间歇处，画一圆圈，谓之"圈断"。老师加点画圈处即是"气口"。但裘盛戎有时不照通常办法处理气口。如《智取威虎山》李勇奇的唱腔，"扫平那威虎山我一马当先"，一般都是这样处理的："扫平那威虎山我一马——当先"，盛戏说："教我唱，我不这样唱，我唱成'一马当——先'，'当'字唱在后面，下面就没有多少气了，'当'字唱在前面，'一马当'，换气——吸气，这样才'足'。"这可以说是超级换气法。

一般说来，气口还得干净利落，报字清楚，顿挫分明，这样才能美听入耳。如果字音含糊，迟疾失当，乱七八糟，内行话叫做把唱"嚼了"或"喝了"。外国文学其实也是讲究句读气口的，马耶科夫斯基就是。京剧《探阴山》里有一个层次很多的很长的"跺"句："又只见大鬼卒、小鬼判，押定了，屈死的亡魂，项带着铁链，悲惨惨，惨悲悲，阴风儿绕，吹得我透骨寒"，如果用马耶科夫斯基的楼梯式的分行，就会是：

又只见

　　大鬼卒

　　　小鬼判

　　　押定了

　　　　屈死的亡魂

　　　　项带着铁链

　　　　悲惨惨

　　　　　惨悲悲

　　　　　阴风儿绕

吹得我透骨寒。

一九九七年四月

辞达而已矣

在西单，开过来一辆宣传交通安全的宣传车，车上的广播喇叭用清晰的字音广播：

"横穿马路不要低头猛跑"。这是非常准确的语言，真是悬之国门不能增改一字。在校尉营派出所外面墙上看到一张宣传夏令卫生的小报，有一句标语："残菜剩饭必须回锅见开再吃"，这也是非常准确的语言，虽然用的字眼比起前一例动作性稍差。为什么这些搞实际工作的同志能锻炼出这样精确的语言来呢？因为他们要他们的话使人一听就明白，记得住，留下深刻的印象。应该向这些在语言里灌注了"为人民服务"精神的宣传家致敬。语言是思想

＊初刊于一九九六年十二月三日《书友周报》，初收于人民文学版《汪曾祺全集》第十卷。

的直接现实。

各种行业所用语言大都竭力简练，如过去许多店铺的牌匾上所写的"童叟无欺"、"不二价"。在西四一家店铺门外看到两条大字："出售新藤椅，修理旧棕床"，一看就知道这家经营的业务。有一个修锁配钥匙的小铺的玻璃橱窗上贴一个字条，八个字："照配钥匙""立等可取"，十分醒目。我所见过的最简练的商业宣言，是北京的澡堂的，迎门四个大字："各照衣帽"，真是简到不能再简了！

有些店铺在标明该店特点时常使之带点艺术性。过去店铺"门脸"大都是这样的格局：正中是一块横匾，上书该店字号，这就是所谓"金字招牌"。两旁各有一块稍小的横匾，上书该店专业。如北京稻香村，写的是"杏渍豚蹄"、"蹠味珍鸡"，这是说专卖南味熟肉的。有一家糕点铺，写的是"尘飞白雪"、"品重红绫"。"红绫"有一个典故，不大好懂。煤铺一般不挂匾，而在八字粉墙上漆出黑字："乌金墨玉"、"石火光恒"，这很形象。"石火光恒"很有点哲理意味。我在北京见过的最美的粉墙黑字的"行业文学"，是在八面槽，一个老娘（接生婆）的门前，写的是：

　　　轻车快马，吉祥老老。
"轻车快马"潇洒之至。

语言是人类交际的工具，其目的在使人懂，"出我之口，入你之心"，"辞达而已矣"。可是有那么一种人，专说那种叫人听不懂的话。这就是文艺评论家。我最怕看文艺评论，尤其是两三位、三四位评论家的对谈。我简直不知道他们云苫雾罩地说些什么。咬牙硬看，看明白了，原来他们什么也没有说。"以艰深文浅陋"，他们是卖假药的江湖郎中。

有意思的错字

文章排出了错字，在所难免。过去叫做"手民误植"。有些经常和别的字组成一个词的字，最易排错，如"不乏"常被排成"不缺"，这大概是因为"缺乏"在字架上是放一起的，检字的时候，一不留神就把邻居夹出来了。有的是形近而讹。比如何其芳同志的一篇文章里的"无论如何"被排成了"天论如何"。一位学者曾抓住这句话做文章，把何其芳嘲笑了一顿。其实这位学者只要稍想一想，就知道这里有错字。何其芳何至于写出"天论如何"这样的句子呢？难怪何其芳要反唇相讥了。人刻薄了不好。双方论辩，不就对方的论点加以批驳，却在人家的字句上挑刺儿，显得不大方。——何况挑得也不是地方。这真是仰

* 初刊时间、初刊处未详，初收于北师大版《汪曾祺全集》第四卷。

面唾天，唾沫却落在自己的脸上了。不知道排何其芳文章的工人同志看到他们争论的文章没有。如果看到，一定会觉得好笑的。

有错字不要紧。但是，周作人曾说过：不怕错得没有意思，那是读者一看就知道，这里肯定有错字的；最怕是错得有意思。这种有意思的错字往往不是"手民"误植出来的，而是编辑改出来的。邓友梅的《那五》几次提到"沙锅居"，发表出来，却改成了"沙锅店"。友梅看了，只有苦笑。处理友梅的稿子的编辑肯定没有在北京住过，也没有吃过沙锅居的白肉。不过这位编辑应该也想一想，卖沙锅的店里怎么能进去吃饭呢？我自己也时常遇到有意思的错字。我曾写过一篇谈沈从文先生的小说的文章，提到沈先生的语言很朴素，但是"这种朴素来自于雕琢"，编辑改成了"来自于不雕琢"。大概他认为"雕琢"是不好的。这样一改，这句话等于不说！我的一篇小说里有一句："一个人走进他的工作，是叫人感动的"。编辑在"工作"下面加了一个"间"。大概他认为原句不通，人怎么能走进他的"工作"呢？我最近写了一篇谈读杂书的小文章，提到"我从法布尔的书里知道知了原来是个聋子，……实在非常高兴。"发表出来，却变成了"我从法布尔的书里知道他原来是个聋子……"，这就成了法布尔是个聋子了。

法布尔并不聋。而且如果他是个聋子，我又有什么可高兴的呢？阅稿的编辑可能不知道知了即是蝉，觉得"知道知了"读起来很拗口，就提笔改了。这个"他"字加得实在有点鲁莽。

我年轻时发表了文章，发现了错字，真是有如芒刺在背。后来见多了，就看得开些了。不过我奉劝编辑同志在改别人的文章时要慎重一些。我也当过编辑，有一次把一位名家的稿子改得多了点，他来信说我简直像把他的衣服剥光了让他在大街上走。我后来想想，是我不对。我一点不想抹煞编辑的苦劳，有的编辑改文章是改得很好的，包括对我的文章，有时真是"一字师"。我写这篇文章的用意是在息事宁人。编辑细致一些，作者宽容一些，不要因为错字而闹得彼此不痛快。

一九八六年八月十一日

有意思的错字

谈 幽 默

《容斋随笔》[1]载:关中无螃蟹。有人收得干蟹一只,有生疟疾的,就借去挂在门上,疟鬼(旧以为疟疾是疟鬼作祟)见了,不知是什么东西,就吓得退走了。《笔谈》云:"不但人不识,鬼亦不识"。沈存中此语极幽默。

元宵节,司马温公的夫人要出去看灯,温公不同意,说自己家里有灯,何必到外面去看。夫人云:"兼欲看人",温公云:"某是鬼耶?"司马温公胡搅蛮缠,很可爱。我一直以为司马先生是个很古怪的人,没想到他还挺会幽默。想来温公的家庭生活是挺有趣的。

齐白石曾为荣宝斋画笺纸,一朵淡蓝的牵牛花,几片叶子,题了两行字:"梅畹华家牵牛花碗大,人谓外人种

---

* 初刊于《大众生活》一九九三年创刊号,初收于《塔上随笔》。
1 《容斋随笔》应为《梦溪笔谈》。——编者注

四时佳兴

也，余画其最小者"。此老极风趣幽默。寻常画家，哪得有此。此是齐白石较寻常画家高处。

小时候看《济公传》：县官王老爷派两个轿夫抬着一乘轿子去接济公到衙门里来给太夫人看病。济公说他坐不来轿子，从来不坐轿子，他要自己走了去。轿夫说："你不坐，我们回去没法交待"。济公说："那这样，你们把轿底打掉，你们在外面抬，我在里面走"。轿夫只得依他。两个轿夫抬着空轿，轿子下面露着济公两只穿了破鞋的脚，合着轿夫的节奏拍嗒拍嗒地走着。实在叫人发噱。济公很幽默，编写《济公传》的民间艺人很幽默。

什么是幽默？

人世间有许多事，想一想，觉得很有意思。有时一个人坐着，想一想，觉得很有意思，会噗噗笑出声来。把这样的事记下来或说出来，便挺幽默。

《辞海》"幽默"条云：

> 英文 humour 的音译。通过影射、讽喻、双关等修辞手法，在善意的微笑中，揭露生活中乖讹和不通情理之处。

这话说得太死了。只有"在善意的微笑中"却是可以同意的。富于幽默感的人大都存有善意，常在微笑中。左派恶人，不懂幽默。

使这个世界更诗化

　　关于文学的社会职能有不同的说法。中国古代十分强调文艺的教育作用。古代把演剧叫作"高台教化"，即在高高的舞台上对人民进行形象的教育，宣扬封建伦理道德，——忠、孝、节、义。三十、四十年代以后，马克思主义理论家认为文艺的功能首先在教育，对读者和观众进行政治教育，要求文艺作品塑造可供群众学习的英雄模范人物。有人不同意这种看法，认为文艺不存在教育作用，只存在审美作用。我认为文艺的教育作用是存在的，但不是那样的直接，那样"立竿见影"。让一些"苦大仇深"的农民，看一出戏，立刻热血沸腾，当场要求报名参

　　＊初刊于《读书》一九九四年第十期，初收于北师大版《汪曾祺全集》第六卷。

军，上前线打鬼子，可能性不大（不是绝对不可能），而且这也不是文艺作品应尽的职责。文艺的教育作用只能是曲折的，潜在的，像杜甫的诗《春夜喜雨》所说："随风潜入夜，润物细无声"，使读者（观众）于不知不觉中受到影响。我觉得一个作家的作品总要使读者受到影响，这样或那样的影响。一个作品写完了，放在抽屉里，是作家个人的事。拿出来发表，就是一个社会现象。我认为作家的责任是给读者以喜悦，让读者感觉到活着是美的，有诗意的，生活是可欣赏的。这样他就会觉得自己也应该活得更好一些，更高尚一些，更优美一些，更有诗意一些。小说应该使人在文化素养上有所提高。小说的作用是使这个世界更诗化。

这样说起来，文艺的教育作用和审美作用就可以一致起来，善和美就可以得到统一。

因此，我觉得文艺应该写美，写美的事物。鲁迅曾经说过，画家可以画花，画水果，但是不能画毛毛虫，画大便。丑的东西总是使人不愉快的。前几年有一些青年小说家热中于写丑，写得淋漓尽致，而且提出一个不知从哪里来的奇怪的口号："审丑作用"，以为这样才是现代主义。我作为一个七十四岁的作家，对此实在不能理解。

美，首先是人的精神的美、性格的美、人性美。中国对于性善、性恶，长期以来，争论不休。比较占上风的还是性善说。我们小时候读启蒙的教科书《三字经》，开头第一句话便是"人之初，性本善"。性善的标准是保持孩子一样纯洁的心，保持对人、对物的同情，即"童心"、"赤子之心"。孟子说："大人者不失其赤子之心者也"。

人性有恶的一面。"文化大革命"把一些人的恶德发展到了极致，因此有人提出"人性的回归"。

有一些青年作家以为文艺应该表现恶，表现善是虚伪的。他愿意表现恶，就由他表现吧，谁也不能干涉。

其次是人的形貌的美。

小说不同于绘画，不能具体地表现一个人的外貌，但小说有自己的优势，写作家的主体印象。鲁迅以为写一个人，最好写他的眼睛。中国人惯用"秋水"写女人眼睛的清澈。"巧笑倩兮，美目盼兮"是写美女的名句。

小说和绘画的另一不同处，即可以写人的体态。中国写美女，说她"烟视媚行"。古诗《孔雀东南飞》写焦仲卿妻"珊珊[1]作细步，精妙世无双"，这比写女人的肢体要聪明得多。

不具体写美女，而用暗示的方法使读者产生美的想象，是高明的方法。唐代的诗人朱庆余写新嫁娘：

---

[1] "珊珊"一般作"纤纤"。——编者注

洞房昨夜停红烛，待晓堂前拜舅姑。

妆罢低声问夫婿，画眉深浅入时无？

宋代的评论家说：此诗不言美丽，然味其辞义，非绝色女子不足以当之。

有两句诗：

行到中庭数花朵，蜻蜓飞上玉搔头。

也让人想象到，这是一个很美的女人。

有时不直接写女人的美，而从看到她的人的反应中显出她的美。汉代乐府《陌上桑》写罗敷之美：

行者见罗敷，下担捋髭须。少年见罗敷，脱帽著帩头。

耕者忘其犁，锄者忘其锄。来归相怨怒，但坐观罗敷。

这种方法和《伊里亚特》写海伦王后的美很相似。

中国人对自然美有一种独特的敏感。

郦道元《水经注·三峡》：

自三峡七百里中，两岸连山，略无阙处；重岩叠嶂，隐天蔽日，自非亭午夜分，不见曦月。

短短的几句话，就把三峡风景全写出来了。这样高度的概括，真是大手笔！

柳宗元《至小丘西小石潭记》：

潭中鱼可百许头，皆若空游无所依。日光下澈，影布石上，怡然不动；俶尔远逝，往来翕忽，似与游者相乐。

通过鱼影，写出水的清澈，这种方法为后来许多诗人所效法，而首创者实为柳宗元。

苏轼《记承天寺夜游》：

庭下如积水空明，水中藻荇交横，盖竹柏影也。

这写的是月色，但没有写出月字。

古人要求写自然能做到"状难写之景如在目前"，作为一个中国作家，应该学习、继承这个传统。

创作的随意性

　　我有一次到中国美术馆看齐白石画展。有一幅尺页，画的是荔枝。其时李可染恰恰在我的旁边，说："这张画我是看着他画的。荔枝是红的，忽然画了两颗黑的，真是神来之笔！"这是"灵机一动"，可以说是即兴，也可以说是创作过程中的随意性。

　　作画，总得先有个想法，有一片思想，一团感情，一个大体的设计，然后落笔。一般说，都是意在笔先。但也可以意到笔到。甚至笔在意先，跟着感觉走。

　　叶燮论诗，谓如泰山出云，如果事前想好先出哪一朵，后出哪一朵，怎样流动，怎样堆积，那泰山就出不成云了，只是随意而出，自成文章。这说得有点绝对，但是

_____
　　＊初刊时间、初刊处未详，初收于《塔上随笔》。

写诗作画，主要靠情绪，不能全凭理智。这是对的。

郑板桥反对"胸有成竹"，说胸中之竹，已非眼中之竹，笔下之竹又非胸中之竹。事实也正是这样，如果把胸中的成竹一枝一叶原封不动地移在纸上，那竹子是画不成的，即文与可也并不如是。文与可的竹子是比较工整的，但也看出有"临场发挥"处，即有随意性。

写字、作诗、作画，完成之后，不会和构思时完全一样。"殆其篇成，半折心始"。

也有这样的画家，技巧熟练，对纸墨的性能掌握得很好，清楚地知道，这一笔落到纸上，会有什么样的效果，作画是很理智的。这样的画，虽是创作，实同临摹。

一九九三年九月十一日

无意义诗

我的儿子，他现在已经三十多岁，当了父亲了，小时候曾住过新华社的"少年之家"。有一次"少年之家"开晚会，他们，一群男孩子，上台去唱歌。他们神色很庄重。指挥一声令下："预备——齐！"他们大声唱了：

排着队，

唱着歌，

拉起大粪车！

花园里，

花儿多，

马蜂螫了我！

老师傻了眼了：这是什么歌？

＊初刊时间、初刊处未详，初收于北师大版《汪曾祺全集》第六卷。

这是这帮男孩子自己创作的歌。他们都会唱，而且在"表演"时感情充沛。我觉得歌很美，而且很使我感动。

若干年后，我仔细想想，这是孩子们对于强加于他们的过于正经的歌曲的反抗，对于廉价的抒情的嘲讽。这些孩子是伟大的喜剧诗人，他们已经学会用滑稽来撕破虚伪的严肃。

我的女儿曾到黑龙江参加军垦（她现在也已经当了母亲了）。他们那里忽然流行了一首歌。据说这首歌是从北京传过去的。后来不止是黑龙江，许多地区的"军垦战士"都唱起来了：

> 有一个小和尚，
>
> 泪汪汪，
>
> 整天想他的娘。
>
> 想起了他的娘，
>
> 真不该，
>
> 叫他当和尚！

他们唱这首歌唱得很激动，他们用歌声来宣泄他们的复杂的，难于言传的强烈的感情。这种感情难道我们不能体会么？

上述两首歌可以说是无意义的，但是，是有意义的。

英国曾有几个诗人专写"无意义诗"。朱自清先生曾

四时佳兴

作专文介绍。

许多无意义诗都是有意义的。我们不当于诗的表面意义上寻求其意义，而应该结合时代背景，于无意义中感受其意义。在一个不自由的时代，更当如此。在一个开始有了自由的时代，我们可以比较真切地捉摸出其中的意义了。

沙弥思老虎

袁子才《子不语》有一则《沙弥思老虎》：

五台山某禅师收一沙弥，年甫三岁。五台山最高，师徒在山顶修行，从不一下山。

后十余年，禅师同弟子下山。沙弥见牛、马、鸡、犬，皆不识也。师因指而告之曰："此牛也，可以耕田；此马也，可以骑；此鸡、犬也，可以报晓，可以守门。"沙弥唯唯。少顷，一少年女子走过，沙弥惊问："此又是何物？"师虑其动心，正色告之曰："此名老虎，人近之者，必遭咬死，尸骨无存。"沙弥唯唯。

晚间上山，师问："汝今日在山下所见之物，可

＊初刊时间、初刊处未详，初收于《塔上随笔》。

有心上思想他的否？"曰："一切物我都不想，只想那吃人的老虎，心上总觉舍他不得。"

这是一个很有意思的故事，在《子不语》的许多谈狐说鬼的故事中显得很特别，袁枚这一篇的文章也很清峻可喜，虽是浅近的文言，却有口语的神采。

这个故事我好像在哪里见过。想了一想，大概是薄伽丘的《十日谈》。《十日谈》成书约在一三五〇——一三五三年间，袁子才卒于一七九八年，相距近四百五十年。薄伽丘是文艺复兴时期的意大利作家，袁枚是中国的乾隆年间的文人。这个故事是怎样传到中国来，怎样被袁枚听到的？这是非常有趣的事。

也许我记错了，这故事不见于《十日谈》（手边无《十日谈》，未能查对），而是在另外的书里。但是可以肯定，这个故事是外来的，是从西方传入的。这里面的带有人文主义色彩的思想，非中土所有，也不是袁子才这样摆不脱道学面具的才子所本有。

一九九三年九月二十八日

读诗抬杠

"春江水暖鸭先知",有人说:"鸭先知,鹅不先知耶?"鹅亦当先知,但改成"春江水暖鹅先知",就很可笑。"五月临平山下路,藕花无数满汀洲",有人说:"为什么是五月?应是六月,六月荷花始盛。"有人和他辩论,说:"五月好",他说:"有何好!你只是读得惯了!""疏影横斜水清浅,暗香浮动月黄昏",有人说:"为什么一定是梅花?用之桃杏亦无不可。"东坡闻之,笑曰:"用之桃杏诚亦可,但恐桃杏不敢当耳!"读诗不可死抠字面,唯可意会。一种花有一种花的精神品格。"水清浅"、"月黄昏",只是梅花的精神品格,别的花都无此高格,若桃花,只宜"桃花乱落如红雨";杏花只宜"红杏枝头春意闹"。

---

*初刊时间、初刊处未详,初收于《塔上随笔》。

其人不服，且曰："'红杏枝头春意闹'不通！杏花不能发出声音，怎可说'闹'？"对这种人只有一个办法，给他一块锅饼，两根大葱，抹一点黄酱，让他一边蹲着吃去。

一九九三年九月十二日

诗与数字

　　杜牧诗:"千里莺啼绿映红,水村山郭酒旗风,南朝四百八十寺,多少楼台烟雨中。"杨升庵以为"千里"当作"十里",千里之外,莺声已不可闻。杨升庵是才子,著书甚多,但常有很武断的话。"千里"是宏观。诗题是《江南春》,泛指江南,并非专指一个地区。"四百八十寺"也是极言其多,未必真是四百八十座庙。诗里的数字大都是宏观。"千山鸟飞绝,万径人踪灭"、"群山万壑赴荆门","千"、"万",都不是实数。"千里江陵一日还",也不是整整一千里(郦道元《水经注》:"有时朝发白帝,暮到江陵,其间千二百里")。

　　以数字入诗,好像是中国诗的特有现象,非常普遍。

---

　　* 初刊时间、初刊处未详,初收于《塔上随笔》。

骆宾王尤喜用数字，被称为"算博士"，但即是骆宾王，所用数字也未必准确。有的诗里的数字倒可能是确数，如"故乡七十五长亭"。

一九九三年九月十七日

书到用时

　　我曾经想写一短文，谈中国人的吃葱，想引用两句谚语："宁吃一斗葱，莫逢屈突通"。说明中国有些人是怕吃葱的。屈突通想必是个很残暴的人。但是他是哪一朝代的人，他做过什么事，为什么叫人望而生畏，却不甚了了。这一则谚语只好放弃。好像是《梦溪笔谈》上说过，对于读书"用即不错，问却不会"。很多人也像我一样，对于人物、典故能用，但是出处和意义不明白，记不住，知其然而不知其所以然。这样读书实在是把时间白白地浪费了。

　　＊初刊于一九九六年九月十日《书友周报》，初收于北师大版《汪曾祺全集》第六卷。

我曾有过一本影印的汤显祖评点本《董西厢》，我很喜欢这本书。汤显祖是大戏曲作家，又是大戏曲评论家。他的评点非常深刻，非常生动。他的语言也极富才华，单是读评点文章，就是很大的享受，比现在的评论家不知道要强多少倍——现在的评论家的文章特点，几乎无一例外：噜嗦！汤显祖谈《董西厢》的结尾有两种。一是"煞尾"，一是"度尾"。"煞尾"如"骏马收缰，寸步不移"；"度尾"如"画舫笙歌，从远处来，过近处，又向远处去"。这样用比喻写感受，真是妙喻！我很喜欢"汤评"，经常要翻一翻。这本书为一戏曲史家借去不还。我不蓄图书，书丢了就丢了，这本书丢了却叫我多年耿耿，因为在写文章时不能准确地引用，只能凭记忆背出来，字句难免有出入。——汤显祖为文是字字都精致讲究的。

为什么读书？是为了写作。朱光潜先生曾说，为了写作而读书，比平常地读书的理解、记忆要深刻，这是非常正确的经验之谈。即使是写写随笔、笔记，也比空过了强。毛泽东尝言：不动笔墨不读书。肯哉斯言。

老学闲抄

二十年前旧板桥

郑板桥的字画上常常可以看到一方图章，文曰"二十年前旧板桥"。初不知出处，以为是板桥自撰。而且觉得这里面有些牢骚。间亦怀疑：为什么是"二十年前"呢？这从什么时候算起？是从他中了进士以后？当了县太爷以后？还是他的书画出了大名以后？也不能老是"二十年前"呀？三四十岁时说是"二十年前"，六七十岁时还是"二十年前"？近读《升庵诗话》，才知道这是刘禹锡的诗，不是板桥自撰。《升庵诗话》载："《丽情集》载湖州妓周德华者，刘采春女也，唱刘禹锡柳枝词云：'春江一曲柳千条，二十年前旧板桥。曾与美人桥上别，恨无消息到今朝。'"《升庵诗话》称"此诗甚佳，而刘集不载"。郑板桥是从哪里读到这首诗的？是从《丽情集》中，还是他看的是杨升庵所转录？郑板桥大概是因为诗中有"板桥"二字，正合他的别号，很喜欢，便取来刻了一方图章，别无深意。他是否还曾与一位美人桥上相别，以此来纪念她？未必。牢骚是可能有一点的。文人画家总有一段不得意的时候，一旦成名，便会有这样的感慨：我还是从前的我，只是你们先前不长眼睛罢了！"二十年前"只是说从前，非确指。郑板桥的牢骚并不太甚。扬州八怪的遭际其实都是比较顺的，不像汪容甫（中）那样孤露寒苦，俯仰由人。

冯乐山的寿联

　　曹禺的剧本《家》，有一场写高老太爷祝寿。这一天冯乐山送来一副寿联：

　　　　翁之乐者山林也

　　　　客亦知夫水月乎

　　这副寿联真是精彩！用了两个前人的全句。上联出自

《醉翁亭记》，下联出自《赤壁赋》。自然浑成，天衣无缝。用作寿联，既扣了寿翁，也扣了寿辰，不即不离，亦虚亦实，真是别开生面，善颂善祷！我当时（四十多年前我演过这个戏）佩服得不得了。近读韦居安《梅磵诗话》，发现这原是方秋崖《送客水月园》诗中的两句，不是什么创作。但把这两句诗移作寿联，则很可能是曹禺的创作。

我想曹禺同志是读过《梅磵诗话》的，知道诗的出处的，但是在剧本中未予点破。我想还是以点破为好，否则就便宜了冯乐山这老小子，让人觉得冯乐山虽然人品恶劣，才情学问还是有的。点破了，让人知道这老东西不但是假道学，伪君子，而且善于欺世盗名，抄了别人的东西，还要在大庭广众之中自鸣得意，真是厚颜无耻。有这一笔，可以对冯乐山的性格刻画得更加入木三分。总不能由着这老家伙把大家伙儿全都蒙了过去！

怎样点破，当面揭了他的老底？那样就会使冯乐山下不来台？这会成为这场戏的轩然大波，恐怕这场戏就要大大改写。为求息事宁人，戏也不至伤筋动骨，似以侧面点破为好。由谁来点破？小字辈里总可找一个合适的人的。

质之曹禺同志，不知以为然否？

打油诗

打油诗的代表作是张打油（传为唐人）的《雪诗》：

> 江上一笼统，井上黑窟窿，
>
> 黄狗身上白，白狗身上肿。

一般都以为诗写得俚俗可笑者为"打油诗"，承认这也是一体，但是不能登大雅之堂。但是，清人的诗话中就有称赞此诗"奇绝"的。我也以为这实在是奇绝，尤其是"井上黑窟窿"。大雪之后，郊原一望，很多人都有这印象，但是没有人写过。

《升庵诗话》"劣唐诗"条引了好些唐人的劣诗。有的确实是恶劣。如"莫将闲话当闲话，往往事从闲话生"，真不像是诗。但他举出"水牛浮鼻渡，沙鸟点头行"，以为"此类皆下净优人口中语"，我却未敢苟同。我以为这写得很生动。水牛浮鼻而渡，为水乡常见之景，非生长水乡的人道不出。徐悲鸿、李可染都曾画过浮鼻的水牛，唯沙鸟始能一步一点头，黄永玉画沙洲雪后，有此意境。若水鸟凫雁，是不会有这样的神态的。体物之工，人所不及。

我建议编一本古今打油诗选，选得严一点，要生动有情致，不要专重滑稽。

老学闲抄

皇帝的诗

我的家乡高邮是个泽国，经常闹水灾。境内有高邮湖，往来旅客，多于湖边泊船，其中不乏骚人墨客，写了一些诗。高邮县政协盂城诗社寄给我一册《珠湖吟集》，是历代写高邮湖的。我翻看了一遍，不外是写湖上风景、水产鱼虾，写旅兴或旅愁，很少涉及人民生活的，大都无甚深意，没有什么分量。看多了有喝了一肚子白开水之感。奇怪的是，写得很有分量的，倒是两位清朝皇帝的诗。一首是康熙的，一首是乾隆的，录如下：

康熙　高邮湖见居民田庐多在水中因询其故恻然

＊初刊于《鸭绿江》一九九一年第二期，初收于《汪曾祺小品》。

念之

淮扬罹水灾，流波常浩浩。
龙舰偶经过，一望类洲岛。
田亩尽沉沦，舍庐半倾倒。
茕茕赤子民，棲棲卧深潦。
对之心惕然，无策施襁褓。
夹岸罗黔黎，跽陈进耆老。
咨诹不厌频，利弊细探讨。
饥寒或有由，良惭奉苍颢。
古人念一夫，何况睹枯槁。
凛凛夜不寐，忧勤怒如捣。
亟图浚治功，拯济须及早。
会当复故业，咸令乐怀保。

乾隆　高邮湖

淮南古泽国，高邮更巨浸。
诸湖率汇兹，万顷波容任。
洒火含阴精，孕珠符祥谶。
堤岸高于屋，居民疑地窨。
嗟我水乡民，生计惟咢槑。
菱芡佐餐飧，舴艋待佣赁。

其乐实未见，其艰亦已甚。

乾隆这首诗写得真切沉痛，和刻在许多名胜古迹的御碑上的满篇锦绣珠玑的七言律诗或绝句很不相同。"其乐实未见，其艰亦已甚"，慨乎言之，不啻是在载酒的诗翁的悠然的脑袋上敲了一棒。比较起来，康熙的一首写得更好一些，无雕饰，无典故，明白如话。难得的是民生的疾苦使一位皇帝内心感到惭愧。"凛凛夜不寐，忧勤憼如捣"虽然用的是成句，但感情是真挚的。这种感情不是装出来的，他没有必要装，装也装不出来。

康熙和乾隆都是有作为的皇帝。他们的几次南巡，背景和目的是什么，我没有考察过，但决不只是游山玩水，领略南方的繁华佳丽（不完全排除这因素）。我想体察民风，俾知朝政之得失，是其缘由之一。他们真是做到了"深入群众"了，尤其是康熙。他们的关心民瘼，最终的目的，当然还是为了维持和巩固其统治。这也没有什么不好。他们知道，脱离人民，其统治是不牢固的。他们不只是坐在宫里看报告（奏折），要亲自下来走一走。关心民瘼，不止在嘴上说说，要动真感情。因此，我们在两三百年之后读这样的诗，还是很感动。

我希望我们的领导人也能读一点这样的诗。

诗用生字

《对床夜语》（宋范晞文撰）卷五：

> 诗用生字，自是一病，苟欲用之，要使一句之意，尽于此字上见工，方为稳帖。如唐人"走月逆行云"、"芙蓉抱香死"、"笠卸晚峰阴"、"秋雨慢琴弦"、"松凉夏健人"，"逆"字、"抱"字、"卸"字、"慢"字、"健"字，皆生字也，自下得不觉。

此言是也。

前几年有几位很有才华的年轻的作家很注意在语言上下功夫，炼字炼句，刻意求工，往往用一些怪字，使人有生硬之感。有人说，这是炼得太过了。我原先也是这样想。最近想想，觉得不是炼得太过，而是炼得还不够。如果再炼炼，就会由生入熟，本来是生字，读起来却像是熟字，"自下得不觉"。

炼字可以临时炼，对着稿纸，反复捉摸，要找一个恰当而不俗的字。但更重要的是平时的"发现"。阿城的小说里写：老鹰在天上移来移去，这写得好。鹰在高空，全不见翅膀动，只是"移来移去"。这个感觉抓得很准。"炼"字，无非是抓到了一种感觉。一个作家所异于常人者，也无非是对"现象"更敏感些。阿城的"移来移去"的印象，我想是早就有了，不是对着稿纸苦思出来的。

最好还是用常见的字，使之有新意。姜白石说："人所难言，我易言之，人所常言，我寡言之，自不俗"。我之所言，也还是人之所言，不是凭空杜撰出来的。"数峰清苦，商略黄昏雨"，此境人不易到，然而"清苦"、"商略"，固是平常的话也。阿城的"移来移去"，"移"字也是平常的字。

毛泽东用乡音押韵

毛主席的诗词大体上押的是"平水韵"[1]，《西江月·井冈山》是个例外。

> 山下旌旗在望，
>
> 山头鼓角相闻。
>
> 敌军围困万千重，
>
> 我自岿然不动。
>
> 早已森严壁垒，

---

1 "平水韵"原为金代官韵书，供科举考试之用，因为在平水刊行，故名。明清以来作"近体诗"者多以"平水韵"为依据，沿用至今。

更加众志成城。

黄洋界上炮声隆，

报道敌军宵遁。

这首词押的不是"平水韵"。当然也不是押的北方通俗韵文所用的"十三辙"。如果用听惯"十三辙"的耳朵来听，就会觉得不很协韵，"闻"、"重"、"动"、"城"、"隆"、"遁"，怎么能算是一道韵呢？这不是"中东"、"人辰"相混么？稍一捉摸，哦，这首词是照湖南话押的韵。照湖南话，"重"音 chen，"动"音 den，"城"音 chen，"隆"音 len，"遁"音 den，其韵尾都是 en，正是一道韵。用湖南话读起来会觉得非常和谐。在战争环境里，无韵书可查，毛主席用湖南话押韵大概是不知不觉的。

毛西河说："词本无韵"。不是说词可以不押韵，而是说既没有官颁的韵书可遵循，也不像写北曲似的要以具有权威性的"中原音韵"为依据，可以比较自由。好像没有听说过谁编过一本"词韵"。张玉田谓："词以协律，当以口舌相调"，即只能靠读或唱起来的感觉来决定。既然如此，填词的人在笔下流出自己的乡音，便是很自然的事。

中国语音复杂，不可能定出一本全国通行，能够适合南北各地的戏曲、曲艺的"官韵"。北方戏、曲种大部分依照"十三辙"。但即是"十三辙"也很麻烦，山西话把"人辰"都读成了"中东"。京剧这两道辙也常相混，京剧演员，尤其是老生，认为"中东唱人辰，怎么唱也不丢人"。看来只有"以口舌相调"，凭感觉。现在写戏曲、曲艺，写新诗（如果押韵）乃至填词，只能用鲁迅主张的办法：押大致相同的韵。写"近体诗"的如果愿意恪守"平水韵"，自然也随便。

一九九〇年十月二十五日

美在众人反映中
——老学闲抄

　　用文字来为人物画像，是吃力不讨好的事情。中外小说里的人物肖像都不精彩。中国通俗演义的"美人赞"都是套话。即《红楼梦》亦不能免。《红楼梦》写凤姐，极生动，但写其出场时之相貌："一双丹凤三角眼，两弯柳叶吊梢眉"，实在不美。一种办法是写其神情意态。《古诗为焦仲卿妻作》具体地写了焦仲卿妻的容貌装饰，给人印象不深，但"纤纤作细步，精妙世无双"却使人不忘。"行到中庭数花朵，蜻蜓飞上玉搔头"，不写容貌如何，而其人之美自见。另一种办法，是不直接写本人，而写别人看到后的反映，使观者产生无边的想象。希腊史诗《伊里亚特》里的海伦皇后是一个绝世的美人，她的美貌全引起一

　　＊初刊于《天津文学》一九九一年第七期，初收于《汪曾祺小品》。

场战争，但这样的绝色是无法用语言描绘的，荷马在叙述时没有形容她的面貌肢体，只是用相当多的篇幅描述了看到海伦的几位老人的惊愕。用的就是这种办法。汉代乐府《陌上桑》写罗敷之美：

行者见罗敷，下担捋髭须。

少年见罗敷，脱帽著帩头。

耕者忘其犁，锄者忘其锄。

来归相怨怒，但坐观罗敷。

用的也是这种办法，虽然还不免有点喜剧化，不那么诚实（《陌上桑》本身是一个喜剧，是娱乐性的唱段）。

释迦牟尼是一个美男子，威仪具足，非常能摄人。诸经都载他具三十二"相"，七十（或八十）种"好"，《释迦谱》对三十二"相"有详细具体的记载，从他的脚后跟一直写到眼睛的颜色。但是只觉其繁琐啰嗦，不让人产生美感。七十种"好"我还未见到都是什么，如有，只有更加啰嗦。《佛本行经·瓶沙王问事品》（宋凉州沙门释宝云译），写释迦牟尼入王舍城，写得很铺张（佛经描叙往往不厌其烦），没有用这种开清单的办法。正是从众人的反映中写出释迦牟尼之美，摘引如下：

…………

见太子体相，功德耀巍巍。

所服寂灭衣，色应清净行。

人民皆愕然，扰动怀欢喜。

熟观菩萨形，眼睛如系著。

聚观是菩萨，其心无厌极。

宿界功德备，众相悉具足。

犹如妙芙蓉，杂色千种藕。

众人往自观，如蜂集莲华。

…………

抱上婴孩儿，口皆放母乳。

熟视观菩萨，忘不还求乳。

举城中人民，皆共竞欢喜。

这写得实在很生动。"众人往自观，如蜂集莲华"，比喻极新鲜。尤其动人的是："抱上婴孩儿，口皆放母乳，熟视观菩萨，忘不还求乳"，真是亏他想得出！这不但是美，而且有神秘感。在世界文学中，我还没见到过写婴孩对于美的感应有如此者！

这种方法至少已有两千年的历史，是一个老方法了。但是方法无新旧，问题是一要运用得巧妙自然，不落痕迹，不能让人一眼就看出这是从什么地方学来的；二是方法，要以生活和想象做基础的。上述婴儿为美所吸引，没有生活中得来的印象和活泼的想象，是写不出来的。我们在当代作品中还时常可以看到这种方法的灵活运用，不绝如缕。

一九九一年三月二十六日

四时佳兴

步障：实物和常理

《辞海》"步障"条云是"用以遮蔽风尘或视线的一种屏幕"，引《晋书·石崇传》："崇与贵戚王恺、羊琇之徒以奢靡相尚；恺作紫丝步障四十里，……崇作锦步障五十里以敌之。"

沈从文编著的《中国古代服饰研究》："……从本图和敦煌开元天宝间壁画《剃度图》、《宴乐图》中反映比较，进一步得知古代人野外郊游生活，及这些应用工具形象和不同使用方法。从时间较后之《西岳降灵图》及宋人绘《汉宫春晓图》所见各式步障形象，得知中古以来，所谓'步障'，实一重重用整幅丝绸作成，宽长约三五尺，应用

---

* 初刊于《中国文化》一九九〇年秋季号（总第三期），初收于《汪曾祺小品》。

方法，多是随同车乘行进，或在路旁交叉处阻拦行人。主要是遮隔路人窥视，或蔽风日沙尘，作用和掌扇差不太多。《世说新语》记西晋豪富贵族王恺、石崇斗富，一用紫丝步障，一用锦步障，数目到三四十里。历来不知步障形象，却少有人怀疑这个延长三四十里的手执障子，得用多少人来掌握，平常时候，又得用多大仓库来贮藏！如据画刻所见，则'里'字当是'连'或'重'字误写。在另外同时关于步障记载，和《唐六典》关于帷帐记载，也可知当时必是若干'连'或'重'。"

沈先生的话是有道理的。从《中国古代服饰研究》所载《敦煌壁画所见帷帐》及《宁懋石室石刻所见帷帐》我们可想见步障大体就是这样的东西。因为见不到较早的写本，《晋书》的"里"究竟应是"连"还是"重"，不能确断，但肯定这必是一个错字。四十里、五十里，有四五条长安街那样长，这样长的步障，怎么可能呢？

读古书要证以实物，更重要的要揆之常理，方不至流于荒唐。

"小山重叠金明灭"

温庭筠《菩萨蛮》是大家读熟了的一首词：

　　小山重叠金明灭，鬓云欲度香腮雪。懒起画娥眉，弄妆梳洗迟。　　照花前后镜，花面交相映，新帖绣罗襦，双双金鹧鸪。

自来注温词者，都以为"小山"是屏风上的山。我年轻时初读这首词就有这样的印象，且想到扬州的黑漆绘金的屏风，那也确是明明灭灭的。最近读了一本词选，还是这样解释的。

沈从文先生提出不同看法。他以为"小山"是妇女发髻间插戴的小梳子。《中国古代服饰研究》云："唐代妇女

＊初刊于《中国文化》一九九〇年夏季号（总第三期），初收于《汪曾祺小品》。

喜于发髻上插几把小小梳子，当成装饰，讲究的用金、银、犀、玉或牙等材料，露出半月形梳背，有多到十来把的（经常有实物出土），所以唐人诗有'斜插犀梳云半吐'语。又元稹《恨妆成》诗有'满头行小梳，当面施圆靥'，王建《宫词》有'归来别赐一头梳'语。温庭筠词有'小山重叠金明灭'，即对于当时妇女发间金背小梳而咏。"别一处又说："当时发髻间使用小梳至八件以上的。……这种小小梳子是用金银犀玉牙等不同材料作成的，陕洛唐墓常有实物出土。温庭筠词'小山重叠金明灭'所形容的，也正是当时妇女头上金银牙玉小梳背在头发间重叠闪烁情形"。

我觉得沈先生的说法是一个很有说服力的创见。这样解释，温庭筠的这首词才读得通。这首《菩萨蛮》通篇所咏，是一个贵族妇女梳妆的情形，怎么会从屏风上的小山写起呢？按《菩萨蛮》的章法，这两句照例是衔接的，从屏风说到头发，天上一句，地下一句，这一步实在跳得太远了，真成了上海人所说的"不搭界"。如把"小山"解释成小梳子，则和后面的"鬓云"扣得很紧，顺理成章。我希望再有注温词者能参考沈先生的意见，改正过来。

沈先生一再强调治文史者要多看文物，互相印证，这样才不会望文生义，想当然耳。他的意见是值得重视的。

我对文史、文物皆甚无知，只是把沈先生的文章抄了两段，无所发明。

一九九〇年四月十一日

《蒲草集》小引

　　蒲草是一种短短的密集的小草，种在长方形的或腰圆形的紫砂盆或石盆中，放在书桌上，可以为房间增加一点绿色。这东西是毫不珍贵的，也很好养，时不时的给它喷一点水就行。常见的以书斋清供为题的画里往往有一盆蒲草，但不是画的主体，只是置之瓶花、怪石的一侧，作为一点陪衬，一点点缀。答应为文汇报增刊写一点杂记，以《蒲草集》作一个总题目，是因为这些杂记无足珍贵，只堪作点缀，也许能给版面增加一点绿色，其作用正与蒲草同。

　　这不是一个专栏。我怕开专栏，无端找一副嚼子戴上

　　＊初刊于一九九〇年九月二十六日《文汇报》（增刊）试刊第一期，初收于北师大版《汪曾祺全集》第五卷。

干什么？只能是这样：有得写，就写几篇；没得写，就空着，断断续续，长长短短。什么时候意兴已尽，就收场。

　　是为引。

一九九〇年八月十四日

呼 雷 豹

京剧《南阳关》有一句唱词：

　　尚司徒胯下呼雷豹

旧本《戏考》上是这样写的。小时候看戏，以为尚司徒骑的是一只豹，而且这只豹能够"呼雷"，以为这是个《封神榜》上的人物，虽然戏台上尚司徒只是摇着一根马鞭，看不出他骑的是什么。

十多年前，在内蒙认识一个抗日战争时期在草原打过游击的姓曹的同志，他说起他当时骑的是一匹"豹花马"。后来在草原上他指给我看一匹黑白斑点相杂的马，说："这就是豹花马"。我恍然大悟，"豹花马"的"豹"应该写

---

　　*初刊于一九九〇年九月二十六日《文汇报》，初收于《汪曾祺小品》。

成"驳"。《辞海》"驳"字条云"马毛色不纯",引《诗·豳风·东山》:"皇驳其马"。毛传:"骊白曰驳。"马的毛色不纯,都可叫做驳,不过似乎又专指黑白斑点相杂的马。有一种鸡,羽毛黑白斑点相杂,很多地方叫它"芦花鸡",那位姓曹的同志告诉我,内蒙叫"驳花鸡",可为旁证。那末尚司徒胯下的原是黑白斑点相杂的马,不是金钱豹。"驳"字《辞海》音 bó,读成 bào,只是字调的变化。

为什么叫"呼雷驳"?"呼雷",即"忽律",声之转也,"忽律"即鳄鱼(出处偶忘,但我是记得不错的)。《水浒传》的朱贵绰号"旱地忽律",是说他像一条旱地上的鳄鱼。鳄鱼身上是黑白相杂,斑斑点点的。"呼雷驳"者,有像鳄鱼那样黑白相杂的斑点的马也。

这种马是名马,曾见张大千摹宋人《杨妃上马图》,杨贵妃要骑上去的正是一匹驳花马。

由此想到《三国演义》上关云长骑的"赤兔马"的"兔",大概也不能照字面解释。马像个兔子,无神骏可言,而且马哪儿都不像兔。曾在内蒙读过一本《内蒙文史资料》,记一个在包头做生意的山西掌柜的,因为急事,骑上他的千里驹"沙力兔"连夜直返太原,"兔"可能是骏马的一种,而且我怀疑"兔"是少数民族语言的译音。

中国古代人善于识马,《说文》、《尔雅》多有记载,其区别主要在毛色。现代人对马的知识就很少了。牧区的少数民族还能说出很多马的名称，汉民，即使生活在草原附近的，除了白马、黑马，大概只能说出"黄骠马"、"枣骝马"等等不多的几种。画马的名家如徐悲鸿、尹瘦石、刘勃舒……能够分辨出几种？居住在城市里的青年，能说得出好多汽车的牌号：丰田、福特、奔驰、皇冠，还有一些曲里拐弯很难念的牌号，并且一眼就分得出坐车人的级别；对马的区别，就茫然了。这是时地使然，原无足怪。但是我还是希望精通马道的人能写出一本《中国马谱》，否则读起古书就很难得其仿佛。载涛[1]想是能写马谱的，可惜他已经故去了。

一九九〇年七月二十七日

---

1 载涛：爱新觉罗·溥仪之族叔。

《水浒》人物的绰号

鼓上蚤和拚命三郎

由"旱地忽律"想到《水浒》一百零八将的绰号。

有的绰号是起得很精彩的，很能写出人物的气质风度，很传神，耐人寻味。

如"鼓上蚤时迁"。曾看过一则小资料，跳蚤是世界动物中跳高的绝对冠军，以它的个头和能跳的高度为比例，没有任何动物能赶得上，这是有数据的。当时想把这则资料剪下来，忙乱中丢失了，很可惜。我所以对这则资

　　＊初刊于《文汇报》，《鼓上蚤和拚命三郎》刊于一九九〇年十月二十四日，《浪子燕青及其他》刊于一九九一年二月六日；初收于《汪曾祺小品》。

料感兴趣，是因为当时就想到"鼓上蚤"。跳蚤本来跳得就高，于鼓上跳，鼓有弹性，其高可知。话说回来，谁见过鼓上的跳蚤？给时迁起这个绰号的人的想象力实在令人佩服。

时迁在《水浒》里主要做了三件事：一偷鸡，二盗甲，三火烧翠云楼。偷鸡无足称，虽然这是武丑的开门戏。写得最精彩的是盗甲。时迁是"神偷"型的人物。中国的市民对于神偷是很崇拜的。凡神偷都有共同的特点，除了身轻、手快，一双锐利的眼睛，更重要的是举重若轻，履险如夷，于间不容发之际能从容不迫。《水浒》写盗甲，一步一步，层次分明，交待清楚。甲到手，时迁"悄悄地开了楼门，款款儿[1]地背着皮匣，下得胡梯，从里面直开到外门来，真是神不知鬼不觉"。"款款地"是不慌不忙的意思，现在山西、张家口还这么说。"款款"下加一"儿"字"款款儿地"，更有韵味。火烧翠云楼是打北京城的一大关目，这两回书都写得不精彩，李卓吾评之曰"不济不济"。时迁放火，写得很马虎。不过我小时看石印本绣像《水浒》，时迁在烈焰腾腾的翠云楼最高一层的檐角倒立着——拿起一把顶，印象还是很深刻的。

时迁在《水浒》里要算个人物，但石碣天书却把他排

---

[1] 《水浒》通行本作"款款"。——编者注

在地煞星的倒数第二，连白日鼠白胜都在他的前面，后面是毫无作为的"金毛犬段景住"，这实在是委屈了他。

如"拼命三郎石秀"。"拼命"和"三郎"放在一起，便产生一种特殊的意境，产生一种美感。大郎、二郎都不成，就得是三郎。这有什么道理可说呢？大哥笨、二哥憨，只有老三往往是聪明伶俐的。中国语言往往反映出只可意会的、潜在复杂的社会心理。

拼命三郎不止是不怕死，敢拼命，路见不平，拔刀相助，为朋友两肋插刀，更重要的是说他办事爽快，凡事不干则已，干，就干净利落，绝不拖泥带水。这是个工于心计的人，绝不是莽莽撞撞。看他杀胡道，杀海阇黎、杀潘巧云、杀迎儿，莫不经过详实的调查，周密的安排，刀刀见血，下手无情。这个人给人的印象是未免太狠了一点。

石秀上山后无大作为，只是三打祝家庄探路有功，但《水浒》写得也较平淡，倒是昆曲《探庄》给他一个"单出头"的机会。曾见过侯永奎的《探庄》，黑罗帽，黑箭衣，英气勃勃。侯永奎的嗓子奇高而亮，只是有点左，不大挂味，但演石秀，却很对工。

一九九○年八月十四日

浪子燕青及其他

"浪子燕青"的"浪子"是一个特定概念，指的是风流浪子。张国宝《罗李郎》杂剧："人都道你是浪子，上长街百十样风流事。"此人一出场，但见：

> 六尺以上身材，二十四五年纪，三牙掩口细髯，十分腰细膀阔。……腰间斜插名人扇，鬓畔常簪四季花。

这个"人物赞"描写如画，在《水浒》诸"赞"之中是上乘。

> "这人是北京土居人氏，自小父母双亡，卢员外家中养的他大。为见他一身雪练也是白肉，卢俊义叫一个高手匠人，与他刺了这一身遍体花绣，却似玉亭柱上铺着软翠。若赛锦体，由你是谁，都输与他。不则一身好花绣，那人更兼吹的、弹的、唱的、舞的，拆白道字，顶真续麻，无有不能，无有不会。亦是说的诸路乡谈，省的诸行百艺的市语。更且一身本事，无人比的：拿着一张川弩，只用三枝短箭，郊外落生，并不放空，箭到物落。晚间入城，少杀也有百十个虫蚁。若赛锦标社，那里利物，管取都是他的。亦且此人百伶百俐，道头知尾，本身姓燕，排行第一，

官名单讳个青字，北京城里人口顺，都叫他做浪子燕青"。

《水浒》里文身绣体的有两个人。一个是史进，一个是燕青。史进刺的是九纹龙，燕青刺的大概是花鸟。"凤凰踏碎玉玲珑，孔雀斜穿花错落"。"玉玲珑"是什么，曾有人考证过，结论勉强。一说玉玲珑是复瓣水仙。总之燕青刺的花是相当复杂的。史进的绣体因为后来不常脱膊，再没有展示的机会。燕青在东岳庙和任原相扑，脱得只剩一条熟绢水裤儿，浑身花绣毕露，赢得众人喝彩，着实地出了风头。

《水浒传》对燕青真是不惜笔墨，前后共用了一篇赋体的赞，一段散文的叙述，一首"沁园春"，一篇七言古风，不厌其烦。如此调动一切手段赞美一个人物，在全书中绝无仅有。看来作者对燕青是特别钟爱的。

写相扑一回，章法奇特。前面写得很铺张，从燕青与宋江谈话，到燕青装做货郎担儿，唱山东货郎转调歌，到和李逵投宿住店，到用扁担劈了任原夸口的粉牌，到众人到客店张看燕青，到燕青游玩岱岳庙，到往迎恩桥看任原，到相扑献台的布置，到太守劝阻燕青，到"部署"再度劝阻，一路写来，曲折详尽，及至正面写到相扑交手，只几句话就交待了。起得铺张，收得干净，确是文章高手。相扑原是"说时迟，那时快"的事，动作本身，没有多少好写。但是《水浒》的寥寥数语却写得十分精彩。

> ……任原看看逼将入来，虚将左脚卖个破绽，燕青叫一声"不要来！"任原却待奔他，被燕青去任原左肋下穿将过去。任原性起，急转身又来拿燕青，被燕青虚跃一跃，又在右肋下钻过去。大汉转身，终是不便，三换换得脚步乱了。燕青却抢将入去，右手扭住任原，探左手插入任原交裆，用肩胛顶住他胸脯，把任原直托将起来，头重脚轻，借力便旋四五旋，旋到献台边，叫一声"下去！"，把任原头在下脚在上，直撺下献台来，这一扑名叫"鹁鸽旋"，数万香官看了，齐声喝采。

《容与堂刻本水浒传》于此处行边加了一路密圈，看来李卓吾对这段文字也是很欣赏的。这一段描写实可作为体育记者的范本。

燕青不愧是"浪子"。

《水浒》一百零八人多数的绰号并不是很精彩。宋江绰号"呼保义"，不知是什么意思。龚开的画赞称之曰"呼群保义"，近是"增字解经"。他另有个绰号"及时雨"是个比喻，只是名实不符。宋江并没有在谁遇到困难时给人什么帮助，倒是他老是在危难之际得到别人的解救。"黑旋风李逵"的绰号大概起得较早，元杂剧里就有几出以"黑旋风"为题目的，但这个绰号只是说他爱向人多处排头砍去，又生得黑，也形象，但了无余蕴。"霹雳火"只是说这个人性情急躁。"豹子头"我始终不明白是什么意思。倒是"菜园子张青"虽看不出此人有多大能耐，却颇潇洒。

不过《水浒》能把一百零八人都安上一个绰号，配备齐全，也不容易。

绰号是特定的历史时期的文学现象和社会现象。其盛行大概在宋以后、明以前，即《水浒传》成书之时。宋以前很少听到。明以后不绝如缕。如《七侠五义》里的"黑狐狸智化"，窦尔墩[1] "人称铁罗汉"，但在演义小说中不那么普遍。从文学表现手段（虽然这是末技）和社会心理，主要是市民心理的角度研究一下绰号，是有意义的。

---

1 "窦尔墩"一般作"窦尔敦"。——编者注

纪姚安的议论

　　大概很少人知道纪姚安。他是纪晓岚的父亲，我也是从《阅微草堂笔记》里才知道他的。纪晓岚称之为"先姚安公"，他的官印、表字，我都不知道，更不用说生平事迹，有无著作传世了。《笔记》有一些材料是他提供的。纪晓岚还记录了一些他的议论。他的议论很有意思。到后来我就专挑他的议论来看。越看越觉得有意思。

　　《阅微草堂笔记》我在高中时就看过。我在的中学——江阴南菁中学，有不少同学有两种书，一种是《曾文正公家书·日记》，一种便是《阅微草堂笔记》，作为自选的课外读物，不知是什么道理。我不喜欢这本书，不

---

　　*初刊于《中国文化》一九九一年秋季号（总第五期），初收于人民文学版《汪曾祺全集》第十卷。

喜欢其文笔，觉得过于平实，直不笼统。对纪晓岚的文学主张，完全排斥想象，排斥虚构，排斥浪漫主义，不能同意。他对《聊斋》的批评："……今嫛昵之词、媟狎之态，细微曲折、摹绘如生，使出自言，似无此理；使出作者代言，则何从而闻见之？"我觉得这简直可笑。纪晓岚又好发议论，几乎每记一事，都要议论一番。年轻人爱看故事，尤其是带传奇性的故事，不爱看议论。这些议论叫人头疼。也许是出于一种逆反心理，我对鲁迅对《笔记》的推崇持保留意见。直到去年，我在文章里还表示不能理解。最近重读了《笔记》，看法有所改变，觉得鲁迅的评价是有道理的，深刻的，很叫人佩服。这说明我是上了年纪了。

不能拿《阅微草堂笔记》来要求《聊斋》，也不能拿《聊斋》来要求《笔记》。正如不能拿了现实主义的标尺去量浪漫主义的作品，也不能拿浪漫主义的标尺去量现实主义。《聊斋》和《笔记》是两个路子。(《聊斋》取法唐人小说，《笔记》取法六朝笔记。)鲁迅说《笔记》"叙述多雍容淡雅，天趣盎然"，是极有见地的。"淡雅"或可做到，"雍容"是很不容易的。

鲁迅很欣赏纪晓岚的议论，以为"处事贵宽，论人欲恕，故于宋儒之苛察，特有违言，书中有触即发……且于不情之论，世间习而不察者，亦每设疑难，揭其拘迂，此先后诸作家所未有也"（《中国小说史略》）。"此先后诸作家所未有"，也许说得过重了一些。鲁迅本人深恶理学，读纪晓岚书，以为先得我心，出了胸中一口恶气，评价稍高，是可以理解的。纪晓岚的议论，不是孤立的现象，与当时的思潮是呼吸相通的，同时和他的家学是很有关系的。鲁迅对纪晓岚的称道，同样可以适用于纪姚安。我觉得纪姚安的思想比纪晓岚更高明，也更有趣一些。

姚安极通达，不钻牛犄角。《滦阳消夏录·四》载：

> 百工技艺，各祠一神为祖。倡族祀管仲，以女闾三百也。伶人祀唐玄宗，以梨园子弟也。此皆最典。胥吏祀萧何、曹参，木工祀鲁班，此犹有义。至靴工祀孙膑，铁工祀老君之类，则荒诞不可诘矣。长随所祀曰钟三郎，闭门夜奠，讳之甚深，竟不知为何神。曲阜颜介子曰："必中山狼之转音也。"先姚安公曰："是不必然，亦不必不然。郢书燕说，固未为无益。"

姚安心平气和，不走极端，对各种人，都能容纳。《槐西杂志·一》载：

> 田白岩言：尝与诸友扶乩，其仙自称真山民，宋末隐君子也。倡和方洽，外报某客某客来，乩忽不动。他日复降，众叩昨遽去之故，乩判曰："此二君

者，其一世故太深，酬酢太熟，相见必有谀词数百句。云水散人，拙于应付，不如避之为佳。其一心思太密，礼数太明，其与人语恒字字推敲，责备无已。闲云野鹤，岂能耐此苛求，故逋逃尤恐不速耳。"后先姚安公闻之，曰："此仙究狷介之士，器量未宏。"

姚安自然不是无鬼论者，但不那么迷信，对狐鬼妖魅不很敬畏，不佞佛，也不想成仙。《如是我闻·一》：

> 雍正甲寅，余初随姚安公至京师，闻御史某公性多疑。初典永光寺一宅，其地空旷，虑有盗，夜遣家奴数人，更番司铃柝，犹防其懈，虽严寒溽暑，必秉烛自巡视，不胜其劳。别典西河沿一宅，其地市廛栉比，又虑有火，每屋储水瓮。至夜铃柝巡视，如在永光寺时，不胜其劳。更典虎坊桥东一宅，与余邸隔数家，见屋宇幽邃，又疑有魅，先延僧诵经、放焰口，钹鼓铮铮者数日，云以度鬼。复延道士设坛召将，悬符持咒，钹鼓铮铮者又数日，云以驱狐。宅本无他，自是以后，魅乃大作，抛掷砖瓦，攘窃器物，夜夜无宁居。婢媪仆隶，因缘为奸，所损失无算。论者皆谓妖由人兴。居未一载，又典绳匠胡同一宅。去后不通音问，不知其作何设施矣。姚安公尝曰："天下本无事，庸人自扰之"，其此公之谓乎。

《滦阳消夏录·三》：

> 己卯七月，姚安公在苑家口，遇一僧，合掌作礼曰："相别七十三年矣，相见不一斋乎？"适旅舍所卖皆素食，因与共饭。问其年，解囊出一度牒，乃前明成化二年所给。问："师传此几代矣？"遽收之囊中，曰："公疑我，我不必再言。"食未毕而去，竟莫测其真伪。尝举以戒昀曰："士大夫好奇，往往为此辈所累。即真仙真佛，吾宁交臂失之。"

"即真仙真佛，吾宁交臂失之"，这说得很潇洒。

姚安论事，唯主宽厚，近人情，对习理学的人对人苛求刻察是不满意的，而且谈起来很激动，对理学家很不原谅。昔人有云："我能原谅所有的人，只是不原谅那不原谅人的人"。纪姚安的性格有些近似。《槐西杂志·二》载：

> 东光有王莽河，即胡苏河也。旱则涸，水则涨。每病涉焉。外舅马公周箓言：雍正末，有丐妇一手抱儿，一手扶病姑涉此水。至中流，姑蹶而仆。妇弃儿于水，努力负姑出。姑大诟曰："我七十老妪，死何害！张氏数世，待此儿延香火，尔胡弃儿以拯我？斩祖宗之祀者尔也！"妇泣不敢语，长跪而已。越两日，姑竟以哭孙不食死。妇呜咽不成声，痴坐数日，亦立槁。不知其何许人，但于姑詈妇时，知为张姓耳。有

著论者，谓儿与姑较，则姑重，姑与祖宗较，则祖宗重。使妇或有夫，或尚有兄弟，则弃儿是。既两世穷嫠，止一线之孤子，则姑所责者是，妇虽死有余悔焉。姚安公曰：讲学家责人无已时。夫急流汹涌，少纵即逝，此岂能深思长计时哉！势不两全，弃儿救姑，此天理之正，而人心之所安也。使姑死而儿存，终身宁不耿耿耶？不又有责以爱儿弃姑者耶？且儿方提抱，育不育未可知。使姑死而儿又不育，悔更何如耶？此妇所为，超出恒情已万万。不幸而其姑自殒，以死殉之，其亦可哀矣。犹沾沾焉而动其喙，以为精义之学，毋乃白骨含冤，黄泉赍恨乎！孙复作《春秋尊王发微》，二百四十年内，有贬无褒；胡思堂作《读史管见》，三代以下无完人。辨则辨矣，非吾所欲闻也！

这议论实在是透辟。"夫急流汹涌，少纵即逝，此岂深思长计时哉！"最能服人，真是说得再好没有了。

姚安匪特长于议论，其待人按物，为官断案，也是能体现他的通情达理的思想的。《槐西杂志·二》：

姚安公官刑部江苏司郎中时，西城移送一案，乃少年强污幼女者。男年十六，女年十四。盖是少年游西顶归，见是女撷菜圃中，因相逼胁。逻卒闻女号呼声，就执之。讯术竟，两家父母均投词：乃其未婚妻，不相知而误犯也。于律未婚妻和奸有条，强奸无条。方拟议间，女供亦复改移，但称调谑而已。乃薄责而遣之。或曰："是女之父母受重赂，女亦爱此子丰姿。且家富，故造此虚词以解纷。"姚安公曰："是未可知。然事止婚姻，与贿和人命，冤沉地下者不同。其奸未成无可验，其贿无据难以质。女子允矣，父母从矣，媒保有确证，邻里无异议矣，两造之词亦无一毫之牴牾矣，君子可欺以其方，不能横加锻炼，入一童子远戍也。"

语云：法律不外乎人情，姚安公有是矣。纪姚安断案从宽，到今天，还是我们的一些司法干部应该参考的。

纪姚安不是一个古板无味的人，他有时也是很有风趣，很幽默的。《槐西杂志·一》：

景州申谦居先生，讳诩，姚安公癸巳同年也。天性和易，平生未尝有忤色，而孤高特立，一介不取，有古狷者风。衣必缊袍，食必粗粝。偶门人馈祭肉，持至市中易豆腐，曰："非好苟异，实食之不惯也。"尝从河间岁试归，使童子控一驴。童子行倦，则使骑而自控之。薄暮遇雨，投宿破神祠中。祠只一楹，中无一物，而地下芜秽不可坐，乃摘板扉一扇，横卧户前。夜半睡醒，闻祠中小声曰："欲出避公，公当户不得出。"先生曰："尔自在户内，我自在户外，两不相害，何必避？"久之，又小声曰："男女有别，公宜放我出。"先生曰："户内户外即是别，出反无别。"转身酣睡。至晓，有村民见之，骇曰："此中有狐，尝出媚少年，人入祠辄被瓦砾击，公何晏然也？"后偶与姚安公语及，掀髯笑曰："乃有狐欲媚申谦居，亦大异事。"姚安公戏曰："狐虽媚尽天下人，亦断不到君。当是诡状奇形，狐所未睹，不知是何怪物，故惊怖欲逃耳。"

可想见先生之为人矣。

纪姚安的言行，倘加辑录，可以成为一本书，这里只是举出数条，以见一斑耳。

乾嘉之际，是中国的知识分子思想解放的黄金时期（当然，那也是大兴文字狱的时期，但知识分子却仍可解放自己。这是个很值得究诘的问题，此处不能深论），他们从"存天理，灭人欲"的理学圈圈中挣脱出来，对人，对人性给予了足有的地位。戴东原、俞理初都是这样。这是一时风气。纪晓岚，以及纪姚安受到风气的感染，是不足为奇的。我们对近代思想的普遍的了解似乎还很不够。我们应该研究戴东原，研究俞理初，对纪姚安这样的学术地位并不显著的普通的但有见识的知识分子也应该了解了解。这样，对探索五四以来的思想渊源，是有益的。对体察今天的知识分子的心态，也不是没有现实意义。

一九九一年六月一日

四时佳兴

徐文长论书画

文长书画的来源

徐文长善书法。陶望龄《徐文长传》谓：

> 渭于行草书尤精奇伟杰。尝言吾书第一，诗二，文三，画四，识者许之。

袁宏道《徐文长传》云：

> 文长喜作书，笔意奔放如其诗，苍劲中姿媚跃出。予不能书，而谬谓文长书决当在王雅宜、文徵仲之上。不论书法而论书神，先生者诚八法之散圣，字林之侠客也。

＊初刊于《中国文化》一九九二年春季号（总第七期），初收于《汪曾祺文集·文论卷》。

陶望龄谓文长"其论书主于运笔，大概仿诸米氏云"。黄汝亨《徐文长集序》谓："书似米颠，而棱棱散散过之，要皆如其人而止"。文长书受米字的影响是明显的，但不主一家。文长题跋，屡次提到南宫，但并不特别地推崇，以为是天下一人。他对宋以后诸家书的评价是公正客观的，不立门户。《徐文长逸稿·评字》：

> 黄山谷书如剑戟，搆密是其所长，潇散是其所短。苏长公书专以老朴胜，不似其人之潇洒，何耶？米南宫一种出尘，人所难及，但有生熟，差不及黄之匀耳。蔡书近二王，其短者略俗耳。劲净而匀，乃其所长。孟頫虽媚，犹可言也。其似算子率俗书，不可言也。尝有评吾书者，以吾薄之，岂其然乎？倪瓒书从隶入，辄在钟元常荐季直表中夺舍投胎。古而媚，密而散，未可以近而忽之也。吾学索靖书，虽梗概亦不得。然人并以章草视之，不知章稍逸而近分，索则超而倣篆。……

文后有小字一行："先生评各家书，即效各家体，字画奇肖，传有石文"。这行小字大概是逸稿的编集者张宗子注的。据此，可以知道他是遍览诸家书，且能学得很像的。

徐文长原来是不会画画的。《书刘子梅谱二首》题有小字："有序。此予未习画之作"。他的习画，始于何时，诗文中皆未及。他是跟谁学的画，亦不及。他的画受林良的影响是有目共睹的。他对林良是钦佩的，《刘巢云雁》诗劈头两句就是："本朝花鸟谁第一？左广林良活欲逸"。林良喜画松鹰大幅，气势磅礴。文长小品秀逸，意思却好。如画海棠题诗："海棠弄春垂紫丝，一枝立鸟压花低。去年二月如曾见，却是谁家湖石西"，"一枝立鸟压花低"，此林良所不会。文长诗也提到吕纪，但其画殊不似吕。文长也画人物。集中有《画美人》诗，下注："湖石、牡丹、杏花，美人睹飞燕而笑"，诗是：

> 牡丹花对石头开，
>
> 雨燕低从杏杪来。
>
> 勾引美人成一笑，
>
> 画工难处是双腮。

这诗不知是题别人的画还是题自己的画的。我非常喜欢"画工难处是双腮"，此前人所未道。我以为这是徐渭自己的画，盖非自己亲画，不能体会此中难处。即此中妙处。文长亦偶作山水，不多，但对山水画有精深的赏鉴。他给沈石田写过几首热情洋溢的诗。对倪云林有独特的了解。《书吴子所藏画》："闽吴子所藏红梅双鹊画，当是倪元镇笔，而名姓印章则并主王元章，岂当时倪适王所，戏成此而遂用其章耶？"倪元镇画花鸟，世少见，文长的猜测实在是主观武断，但非深知云林者不能道也。此津津于印章题款之鉴赏家所能梦见者乎！但是文长毕竟是花卉画家，他的真正的知交是陈道复。白阳画得熟，以熟胜。青藤画得生，以生胜。

论书与画的关系

《书八渊明卷后》云：

> 览渊明貌，不能灼知其为谁，然灼知其为妙品也。往在京邸，见顾恺之粉本曰《斫琴》者殆类是。盖晋时顾陆辈笔精，匀圆劲净，本古篆书家象形意。其后为张僧繇、阎立本，最后乃有吴道子、李伯时，即稍变，犹知宗之。迨草书盛行，乃始有写意画，又一变也。卷中貌凡八人，而八犹一，如取诸影，僮仆策杖，亦靡不历历可相印，其不苟如此，可以想见其人矣。

"书画同源"、"书画相通"，已成定论，研究美学，研究中国美术史者都会说，但说不到这样原原本本。"迨草书盛行，乃始有写意画"，尤为灼见。探索写意画起源的，往往东拉西扯，徒乱人意，总不如文长一刀切破，干净利索。文长是画写意画的，有人至奉之为写意花卉的鼻祖，扬州八家的先河，则文长之语可谓现身说法，夫子自道矣。袁宏道说："先生者诚八法之散圣，字林之侠客也。间以其余旁溢为花草竹石，皆超逸有致"，是直以写意画为行草字之"余"，不吾欺也。

论庄逸工草

文长字画皆豪放。陶望龄谓其行草书"尤精奇伟杰"；袁宏道谓其书"奔放如其诗"。其作画，是有意识的写意，笔墨淋漓，取快意于一时，不求形似，自称曰"涂"，曰"抹"，曰"扫"，曰"狂扫"。《写竹赠李长公歌》："山人写竹略形似，只取叶底潇潇意。譬如影里看丛梢，那得分明成个字？"《画百花卷与史甥，题曰漱老谑墨》："葫芦依样不胜揩，能如造化绝安排，不求形似求生韵，根拨皆吾五指栽。胡为乎，区区枝剪而叶裁？君莫猜，墨色淋漓两拨开。"他画的鱼甚至有三个尾巴。《偶旧画鱼作此》："元镇作墨竹，随意将墨涂（自注音搽），凭谁呼画里，或芦或呼麻。我昔画尺鳞，人问此何鱼。我亦不能答，张颠狂草书。"

《书刘子梅谱二首序》云：

> 刘典宝一日持己所谱梅花凡二十有二以过余请评。予不能画，而画之意则稍解。至于诗则不特稍解，且稍能矣。自古咏梅诗以千百计，大率刻深而求似多不足，而约略而不求似者多有余。然则画梅者得无亦似之乎？典宝君之谱梅，其画家之法必不可少者，予不能道之，至若其不求似而有余，则予之所深取也。

"不足"、"有余"之说甚精。求似会失去很多东西，而不求似则能保留更多东西。

但他并不主张全无法度。写字还得从规矩入门。《跋停云馆帖》云：

> 待诏文先生讳徵明，摹刻停云馆帖，装之，多至十二本。虽时代人品，各就其资之所近，自成一家，不同矣。然其入门，必自分间布白，未有不同者也。舍此则书者为痹，品者为盲。

《评字》亦云："分间布白，指实掌虚，以为入门"。在此基础上，方能求突破。"迨布匀而不必匀，笔态入净媚，天下无书矣。"

徐文长不太赞成字如其人。《大苏所书金刚经石刻》

云："论书者云，多似其人。苏文忠人逸也，而书则庄。"《评字》云："苏长公书专以老朴胜，不似其人之潇洒，何耶？"他自作了解释：庄和逸不是绝对的，庄中可以有逸。"文忠书法颜，至比杜少陵之诗，昌黎之文，吴道子之画。盖颜之书，即庄亦未尝不逸也"。(《大苏所书金刚经石刻》)

同样，他认为工与草也是相对的，有联系的。《书沈徵君周画》：

> 世传沈徵君画多写意，而草草者倍佳，如此卷者乃其一也。然予少客吴中，见其所为渊明对客弹阮，两人躯高可二尺许，数古木乱云霭中，其高再倍之，作细描秀润，绝类赵文敏、杜惧男。比又见姑苏八景卷，精致入丝毫，而人眇小止一豆。唯工如此，此草者之所以益妙也。不然将善趋而不善走，有是理乎？

"善趋而不善走，有是理乎？"是一句大实话，也是一句诚恳的话。然今之书画家不善走而善趋者亦众矣，吁！

论"侵让"·李北海和赵子昂

《书李北海帖》：

李北海此帖，遇难布处，字字侵让，互用位置之法，独高于人。世谓集贤师之，亦得其皮耳。盖详于肉而略于骨，辟如折枝海棠，不连铁干，添妆则可，生意却亏。

"侵让"二字最为精到，谈书法者似未有人拈出。此实是结体布行之要诀。有侵，有让，互相位置，互相照应，则字字如亲骨肉，字与字之关系出。"侵让"说可用于一切书法家，用之北海，觉尤切。如字字安分守己，互不干涉，即成算子。如此书家，实是呆鸟。"折枝海棠，不连铁干"，也是说字是单摆浮搁的。

徐文长对赵子昂是有微词的，但说得并不刻薄。《赵文敏墨迹洛神赋》云：

古人论真行与篆隶，辨圆方者，微有不同。真行始于动，中以静，终以媚。媚者盖锋稍溢出，其名曰姿态。锋太藏则媚隐，太正则媚藏而不悦，故大苏宽之以侧笔取妍之说。赵文敏师李北海，净均也。媚则赵胜李，劲则李胜赵。夫子建见甄氏而深悦之，媚胜也。后人未见甄氏，读子建赋无不深悦之者，赋之媚亦胜也。

徐文长这段话说得恍恍惚惚，简直不知道是褒还是贬。"媚"总是不好的。子昂弱处正在媚。文长指出这和

　　　　　四时佳兴

他的生活环境有关。《书子昂所写道德经》云：

> 世好赵书，女取其媚也，责以古服劲装可乎？盖帝胄王孙，裘马轻织，足称其人矣。他书率然，而道德经为尤媚。然可以为槁涩顽粗，如世所称枯柴蒸饼者之药。

论　变

书画家不会总是一副样子，往往要变。《跋书卷尾二首·又》记了一个有趣的故事：

> 董丈尧章一日持二卷命书，其一沈徵君画，其一祝京兆希哲行书，钳其尾以余试。而祝此书稍谨敛，奔放不折梭。余久乃得之曰："凡物神者则善变，此祝京兆变也，他人乌能辨？"丈弛其尾，坐客大笑。

"变"常是不期然而得之，如窑变。《书陈山人九皋氏三卉后》云：

> 陶者间有变，则为奇品。更欲效之，则尽薪竭钧，而不可复。予见山人卉多矣，曩在日遗予者，不下十数纸，皆不及此三品之佳。瀚然而云，莹然而雨，泫泫然而露也。殆所谓陶之变耶？

书画豪放者，时亦温婉。《跋陈白阳卷》：

陈道复花卉豪一世，草书飞动似之。独此帖既纯完，又多而不败。盖余尝见闽楚壮士裘马剑戟，则凛然若罴，及解而当绣刺之绷，亦颓然若女妇，可近也。此非道复之书与染耶？

一九九二年六月酷暑中作

谈谈杂书

我读书很杂，毫无系统，也没有目的。随手抓起一本书来就看。觉得没意思，就丢开。我看杂书所用的时间比看文学作品和评论的要多得多。常看的是有关节令风物民俗的，如《荆楚岁时记》、《东京梦华录》。其次是方志、游记，如《岭表录异》、《岭外代答》。讲草木虫鱼的书我也爱看，如法布尔的《昆虫记》，吴其濬的《植物名实图考》，《花镜》。讲正经学问的书，只要写得通达而不迂腐的也很好看，如《癸巳类稿》。《十驾斋养新录》差一点，其中一部分也挺好玩。我也爱读书论、画论。有些书无法归类，如《宋提刑洗冤录》，这是讲验尸的。有些书本身内容就很庞杂，如《梦溪笔谈》、《容斋随笔》之类的书，

*初刊于一九八六年七月八日《新民晚报》，初收于《晚翠文谈》。

只好笼统地称之为笔记了。

读杂书至少有以下几种好处：第一，这是很好的休息。泡一杯茶懒懒地靠在沙发里，看杂书一册，这比打扑克要舒服得多。第二，可以增长知识，认识世界。我从法布尔的书里知道知了原来是个聋子，从吴其濬的书里知道古诗里的葵就是湖南、四川人现在还吃的冬苋菜，实在非常高兴。第三，可以学习语言。杂书的文字都写得比较随便，比较自然，不是正襟危坐，刻意为文，但自有情致，而且接近口语。一个现代作家从古人学语言，与其苦读《昭明文选》、"唐宋八家"，不如多看杂书。这样较易溶入自己的笔下。这是我的一点经验之谈。青年作家，不妨试试。第四，从杂书里可以悟出一些写小说，写散文的道理，尤其是书论和画论。包世臣《艺舟双楫》云："吴兴书笔，专用平顺，一点一画，一字一行，排次顶接而成。古帖字体，大小颇有相径庭者，如老翁携幼孙行，长短参差，而情意真挚，痛痒相关。吴兴书如士人入隘巷，鱼贯徐行，而争先竞后之色，人人见面，安能使上下左右空白有字哉！"他讲的是写字，写小说、散文不也正当如此吗？小说、散文的各部分，应该"情意真挚，痛痒相关"，这样才能做到"形散而神不散"。

一九八六年六月九日

　　　　　　　　　　　　四时佳兴

读廉价书

文章滥贱，书价腾踊。我已经有好多年不买书了。这一半也是因为房子太小，买了没有地方放。年轻时倒也有买书的习惯。上街，总要到书店里逛逛，挟一两本回来。但我买的，大都是便宜的书。读廉价书有几样好处。一是买得起，掏出钱时不肉痛；二是无须珍惜，可以随便在上面圈点批注；三是丢了就丢了，不心疼。读廉价书亦有可记之事，爱记之。

＊原载于《书香集》（姜德明主编，中外文化出版公司一九九〇年版），初收于北师大版《汪曾祺全集》第四卷。

一折八扣书

　　一折八扣书盛行于三十年代。中学生所买的大都是这种书。一折，而又打八扣，即定价如是一元，实售只是八分钱。当然书后面的定价是预先提高了的。但是经过一折八扣，总还是很便宜的。为什么不把定价压低，实价出售，而用这种一折八扣的办法呢，大概是投合买书人贪便宜的心理：这差不多等于白给了。

　　一折八扣书多是供人消遣的笔记小说，如《子不语》、《夜雨秋灯录》、《续齐谐》等等。但也有文笔好，内容有意思的，如余澹心的《板桥杂记》、冒辟疆的《影梅庵忆语》。也有旧诗词集。我最初读到的《漱玉词》和《断肠词》就是这种一折八扣本。《断肠词》的样子我到现在还记得，封面是砖红色的，一侧画一枝滴下两滴墨水的羽毛笔。一折八扣书都很薄，但也有较厚的，《剑南诗钞》即是相当厚的两本。这书的封面是米黄色的铜版纸，王西神题签。这在一折八扣书中是相当贵的了。

　　星期天，上午上街，买买东西（毛巾、牙膏、袜子之类），吃一碗脆鳝面或辣油面（我读高中在江阴，江阴的面我以为是做得最好的，真是细若银丝，汤也极好）、几只猪油青韭馅饼（满口清香），到书摊上挑一两本一折八

222　　　　　　　　　　　　　四时佳兴

扣书，回校。下午躺在床上吃粉盐豆（江阴的特产），喝白开水，看书，把三角函数、化学分子式暂时都忘在脑后，考试、分数，于我何有哉，这一天实在过得蛮快活。

一折八扣书为什么卖得如此之贱？因为成本低。除了垫出一点纸张油墨，就不须花什么钱。谈不上什么编辑，选一个底本，排印一下就是。大都只是白文，无注释，多数连标点也没有。

我倒希望现在能出这种无前言后记，无注释、评语、考证，只印白文的普及本的书。我不爱读那种塞进长篇大论的前言后记的书，好像被人牵着鼻子走。读了那样板着面孔的前言和啰嗦的后记，常常叫人生气。而且加进这样的东西，书就卖得很贵了。

扫叶山房

扫叶山房是龚半千的斋名，我在南京，曾到清凉山看过其遗址。但这里说的是一家书店。这家书店专出石印线装书，白连史纸，字颇小，但行间加栏，所以看起来不很吃力。所印书大都几册作一部，外加一个蓝布函套。挑选的都是内容比较严肃、有一定学术价值的古籍，这对于置不起善本的想做点学问的读书人是方便的。我不知道这家书店的老板是何许人，但是觉得是个有心人，他也想牟利，但也想做一点于人有益的事。这家书店在什么地方，我不记得了，印象中好像在上海四马路。扫叶山房出的书不少，嘉惠士林，功不可泯。我希望有人调查一下扫叶山房的始末，写一篇报告，这在中国出版史上将是有意思的一笔，虽然是小小的一笔。

我买过一些扫叶山房的书，都已失去。前几年架上有一函《景德镇匋录》，现在也不知去向了。

旧 书 摊

昆明的旧书店集中在文明街，街北头路西，有几家旧书店。我们和这几家旧书店的关系，不是去买书，倒是常去卖书。这几家旧书店的老板和伙计对于书都不大内行，只要是稍微整齐一点的书，古今中外，文法理工，都要，而且收购的价钱不低。尤其是工具书，拿去，当时就付钱。我在西南联大时，时常断顿，有时日高不起，拥被坠卧。朱德熙看我到快十一点钟还不露面，便知道我午饭还没有着落，于是挟了一本英文字典，走进来，推推我："起来起来，去吃饭！"到了文明街，出脱了字典，两个人便可以吃一顿破酥包子或两碗焖鸡米线，还可以喝二两酒。

工具书里最走俏的是《辞源》。有一个同学发现一家书店的《辞源》的收售价比原价要高出不少，而拐角的商务印书馆的书架就有几十本崭新的《辞源》，于是以原价买到，转身即以高价卖给旧书店。他这种搬运工作干了好几次。

我应当在昆明旧书店也买过几本书，是些什么书，记不得了。

在上海，我短不了逛逛旧书店。有时是陪黄裳去，有时我自己去。也买过几本书。印象真凿的是买过一本英文的《威尼斯商人》。其时大概是想好好学学英文，但这本《威尼斯商人》始终没有读完。

我倒是在地摊上买到过几本好书。我在福煦路一个中学教书。有一个工友，姑且叫他老许吧，他管打扫办公室和教室外面的地面，打开水，还包几个无家的单身教员的伙食。伙食极简便，经常提供的是红烧小黄鱼和炒鸡毛菜。他在校门外还摆了一个书摊。他这书摊是名副其实的"地摊"，连一块板子或油布也没有，书直接平摊在人行道的水泥地上。老许坐于校门内侧，手里做着事，择菜或清除洋铁壶的水碱，一面拿眼睛向地摊上瞭着。我进进出出，总要蹲下来看看他的书。我曾经买过他一些书，——那是和烂纸的价钱差不多的，其中值得纪念的有两本。一本是张岱的《陶庵梦忆》，这本书现在大概还在我家不知哪个角落里。一本在我来说，是很名贵的：万有文库汤显祖评本《董解元西厢记》。我对董西厢一直有偏爱，以为非王西厢所可比。汤显祖的批语包括眉批和每一出的总批，都极精彩。这本书字大，纸厚，汤评是照手书刻印出的。汤显祖字似欧阳率更《张翰帖》，秀逸处似陈老莲，极可爱。我未见过临川书真迹，得见此影印刻本，而不禁神往不置。"万有文库"算是什么稀罕版本呢？但在我这个向不藏书的人，是视同珍宝的。这书跟随我多年，约十年前为人借去不还，弄得我想引用汤评时，只能于记忆中得其仿佛，不胜怅怅！

小镇书遇

　　我戴了右派帽子，下放张家口沙岭子劳动。沙岭子是宣化至张家口之间的一小站。这里有一个镇，本地叫做"堡"（读如"捕"）。每遇星期天，节假日，没有什么地方可去，我们就去堡里逛逛。堡里有一个供销社（卖红黑灯芯绒、凤穿牡丹被面、花素直贡呢，动物饼干、果酱面包，油盐酱醋、韭菜花、青椒糊、臭豆腐），一个山货店，一个缝纫社，一个木业生产合作社，一个兽医站。若是逢集，则有一些卖茄子、辣椒、疙瘩白的菜担，一些用绳络网在筐里的小猪秧子。我们就怀了很大的兴趣，看凤穿牡丹被面，看铁锅，看扫帚，看茄子，看辣椒，看猪秧子。

堡里照例还有一个新华书店。充斥于书架上的当然是毛选，此外还有些宣传计划生育的小册子、介绍化肥农药配制的科普书、连环画《智取威虎山》、《三打白骨精》。有一天，我去逛书店，忽然在一个书架的最高层发现了几本书：《梦溪笔谈》、《容斋随笔》、《癸巳类稿》、《十驾斋养新录》。我不无激动地搬过一张凳子，把这几册书抽下来，请售货员计价。售货员把我打量了一遍，开了发票。

"你们这个书店怎么会进这样的书？"

"谁知道！也除是你，要不然，这几本书永远不会有人要。"

不久，我结束劳动，派到县上去画马铃薯图谱。我就带了这几本书，还有一套郭茂倩的《乐府诗集》，到沽源去了。白天画图谱，夜晚灯下读书，如此右派，当得！

这几本书是按原价卖给我的，不是廉价书。但这是早先的定价，故不贵。

鸡　蛋　书

　　赵树理同志曾希望他的书能在农村的庙会上卖，农民可以拿几个鸡蛋来换。这个理想一直未见实现。用实物换书，有一定困难，因为鸡蛋的价钱是涨落不定的。但是便宜到只值两三个鸡蛋，这样的书原先就有过。

　　我家在高邮北市口开了一爿中药店万全堂。万全堂的廊下常年摆着一个书摊。两张板凳支三块门板，"书"就一本一本地平放在上面。为了怕风吹跑，用几根削方了的木棍横压着。摊主用一个小板凳坐在一边，神情古朴。这些书都是唱本，封面一色是浅紫色的很薄的标语纸的，上面印了单线的人物画，都与内容有关，左边留出长方的框，印出书名：《薛丁山征西》、《三请樊梨花》、《李三娘挑水》、《孟姜女哭长城》……里面是白色有光纸石印的"文本"，两句之间空一字，念起来不易串行。我曾经跟摊主借阅过。一本"书"一会儿就看完了，因为只有几页，看完一本，再去换。这种唱本几乎千篇一律，开头总是："自从盘古开天地，三皇五帝到如今"，三皇五帝是和什么故事都挨得上的。唱词是没有多大文采的，但却文从字顺，合辙押韵（七字句和十字句）。当中当然有许多不必要的"水词"。老舍先生曾批评旧曲艺有许多不必要的字，如"开言有语叫张生"，"叫张生"就得了嘛，干嘛还要"开言"还"有语"呢？不行啊，不这样就凑不足七个字，而且韵也押不好。这种"水词"在唱本中比比皆是，也自成一种文理。我倒想什么时候有空，专门研究一下曲艺唱本里的"水词"。不是开玩笑，我觉得我们的新诗里所缺乏的正是这种"水词"，字句之间过于拥挤，这是题外话。我读过的唱本最有趣的一本是《王婆骂鸡》。

这种唱本是卖给农民的。农民进城，打了油，撕了布，称了盐，到万全堂买了治牙疼的"过街笑"、治肚子疼的暖脐膏，顺便就到书摊上翻翻，挑两本，放进捎码子，带回去了。

农民拿了这种书，不是看，是要大声念的。会唱"送麒麟"、"看火戏"的还要打起调子唱。一人唱念，就有不少人围坐静听。自娱娱人，这是家乡农村的重要文化生活。

唱本定价一百二十文左右，与一碗宽汤饺面相等，相当于三个鸡蛋。

这种石印唱本不知是什么地方出的（大概是上海），

曲本作者更不知道是什么人。

　　另外一种极便宜的书是"百本张"的鼓曲段子。这是用毛边纸手抄的，折叠式，不装订，书面写出曲段名，背后有一方长方形的墨印"百本张"的印记（大小如豆腐干）。里面的字颇大，是蹩脚的馆阁体楷书，而皆微扁。这种曲本是在庙会上卖的。我曾在隆福寺买到过几本。后来，就再看不见了。这种唱本的价钱，也就是相当于三个鸡蛋。

　　附带想到一个问题。北京的鼓词俗曲的资料极为丰富，可是一直没有人认真地研究过。孙楷第先生曾编过俗曲目录，但只是目录而已。事实上这里可研究的东西很多，从民俗学的角度，从北京方言角度，当然也从文学角度，都很值得钻进去，搞十年八年。一般对北京曲段多只重视其文学性，重视罗松窗、韩小窗，对于更俚俗的不大看重。其实有些极俗的曲段，如"阔大奶奶逛庙会"、"穷大奶奶逛庙会"，单看题目就知道是非常有趣的。车王府有那么多曲本，一直躺在首都图书馆睡觉，太可惜了！

　　　　　　　　　　　　　　　一九八六年七月八日

"国风文丛"总序

　　为什么要编这样一套"国风文丛"？无非是介绍各地的风土人情、山川景色，乃至瓜果吃食而已。对读者说起来，可以获得一点知识，增加一分对吾土吾民的理解和感情，更爱我们这个国，而已。

　　中国很大，处处不乏佳山水。长江三峡、泰山、黄山、青城、峨嵋……的确很美，足为"平生壮观"。除了自然景观，还有众多的人文景观。"天下名山僧占多"，有山必有庙，庙多宏伟庄严。四大道场，各具一格。道教的山，比起佛教的山似稍逊，因为道教的神本来就比较杂乱。我在国外似乎见到人文景观较少。故宫、颐和园令外

　　＊原载于《国风文丛》（汪曾祺主编，中国对外翻译出版公司一九九八年版），初收于北师大版《汪曾祺全集》第六卷。

国人赞叹不置。像网师园那样的苏州园林几乎没有。把人文景观和自然景观结合起来，是中国文化心理的一个特点。

中国人很会写游记。郦道元《水经注》记三峡："自三峡七百里中，两岸连山，略无阙处；重岩叠嶂，隐天蔽日，自非亭午夜分，不见曦月"，把一个绝大的境界用几句话就概括出来了，真是大手笔！柳宗元《至小丘西小石潭记》："潭中鱼可百许头，皆若空游无所依。日光下澈，影布石上，怡然不动；俶尔远逝，往来翕忽，似与游者相乐。"用鱼的动写出环境的静，开创了游记的新写法。柳文之法成了诗文的一种传统。能继承郦道元的传统则很难，没有这样大的笔力。

当代散文延续了古典散文的余绪，有些是写得很好的。这套丛书的一些篇可以证明。

华夏诸神的神际关系很复杂，很乱。如泰山碧霞元君，一会儿说她是泰山神的侍女、女儿；一会儿又说她是玉皇大帝的女儿，又说她是玉皇大帝的妹妹。她后来实际上取代了东岳大帝，成为泰山的主神。关云长的地位不断提升。他在黄河以北一直做到"伏魔大帝"，但没有听说像华南那样是财神。关云长和发财不知道怎么会拉扯在一起。沿海几省乃至东南亚敬奉的妈祖，北方人对她却相当陌生。黄河以北有些城里有天后宫，天后是不是就是妈祖，很难说。北方比较重视城隍。属于城隍系统的官员有城隍——土地——灶王。有的地方在城隍以下，土地以上，还有个级别在两者之间的"都土地"。这一官列的干部大都有名有姓，但其说不一。拿城隍来说，宋初姓孙名本；明永乐时是周新。灶王也有名有姓，《荆楚岁时记》说此公姓苏名吉利，妇姓王名搏颊，但是民间却说他叫张三。北方俗曲云："灶王爷本姓张"，他好像是做了什么见不得人的事，钻进了灶洞，弄得脸上乌七抹黑。我不想劝散文作家对民间神祇作一些繁琐的罗列考证（那是一笔糊涂账），但是建议写地域散文的作家从民间文化的角度，审视这些无稽之谈所折射出来的心理文化素质，这不是简单的事。比如妈祖是海的保护神，这是无可怀疑的。海之神是女性，顺理成章。但是山之神碧霞元君却也是女性，是很耐人寻味的。民间封神的男男女女或多或少都是女权主义者。

与神鬼佛道有密切关联的是过年过节。各地年、节互有异同。如送灶，各地皆然，但日期不一样。北京是腊月二十三，我们那里则是二十四。军民也不一样，"军三民四龟五"。没有人家是二十五送灶的，这等于告诉人这家是妓女。过年是全国的假日，自初一至初五，不能扫地，也不能动针线。这可使辛苦一年的妇女得到一个彻底的休息，用意至善。对孩子来说，过年就是吃好吃的。"小孩小孩你别馋，过了腊八就是年"。北方过年大都吃饺子，"好吃不过饺子，舒坦不过倒着"。不过不能顿顿吃饺子，得变变花样。东北人的兴奋点是"初一的饺子初二的面，初三的饸子往家攥"。从北京到厦门，都兴吃春饼，以酱肉、酱鸡、酱鸭、炒鸡蛋，裹甜面酱、青韭、羊角葱、炒绿豆芽，卷而食之，同时必有一盘生萝卜细切丝。过年吃脆萝卜，谓之"咬春"。春饼很好吃，"咬春"的名字也起得好！正餐之外有零吃，花生、葵花籽、柿饼、风干栗子。北京家家有一堂蜜供。不到初五，供尖儿就叫孩子偷偷掰掉了。我们那里家家有果盒，亦称"盖盒"，漆制圆盒，底层分好几格，装核桃云片糕、"交结糖"、猪油花生糖、青梅、金橘饼、荔枝干、桂圆。这本是待客佐茶用的（故又称"茶食盒"），但都为孩子一点一点拈到嘴里吃掉了。

过节各有时令食品。清明吃槐叶凉面、荞麦扒糕。依次为煮螺蛳、"喜蛋"——孵不出壳的毛鸡蛋；紫白桑葚、枇杷（白沙）、麦黄杏；粽子、新腌鸭蛋、炝白虾、黄瓜鱼、砗螯（即花蛤）；藕、莲蓬、煮芋艿、毛豆、新蚕豆、菱、水晶月饼（素油）、臭苋菜杆、鸂（一种水鸟）、烧野鸭、糟鱼；最后为五香野兔、羊糕（山羊大块连皮，冻实后切片）……这些都是对于旅居的游子的蛊惑，足以引起对童年生活的回忆。地域文学实际上是儿童文学，——一切文学达到极致，都是儿童文学。

搞地域文学都会遇到一个棘手的问题，——语言。中国地大山深，各地语言差别很大，彼此隔绝，几乎不能成为斯大林所说的"人类交际的工具"。福建的大名县召开解放后第一次党代会，会上的翻译竟有七个！推广普通话势在必行，刻不容缓。这也影响到文学。现在的文学都是用普通话写的，但这是怎样的普通话？张奚若先生在担任教育部长时曾说过：普通话并不是普普通通的话。文学语言不是莫里哀喜剧里的一个人物"说了一辈子散文"的那种散文。散文的语言总还得经过艺术加工。加工得有个基础，除了"官话"，基础是作家的母语，也就是一种方言。作家最好不要丢掉自己的母语。母语的生动性只有作家最能体会，最能掌握。文丛中有些散文看来是用普通话写的，但是"话里话外"都还有作家母语——方言的痕迹。这增加了地域的色彩，这是好事。普通话是"以北方话为基础，以北京音为标准音"的，从历史发展看，"官话"有一个不小的问题，即入声的失去。入声是怎么失去的？周德清以为入声派入平上去三声。"派入"，有点人为的意思，谁来"人为"了？这变化恐怕还是自然形成的。没有入声，我觉得是一个很大的损失。唐宋以前的诗词是有入声的。没有入声，中国语言的"调"就从五个（阴、阳、上、去、入）变成四个（阴阳上去），少了一个。这在学旧诗词和写旧诗词的人都很不便。老舍先生是北京人，很"怕"入声，他写的旧诗词遇有入声，都要请南方人听听，他说："我对入声玩不转"。我听过一段评弹：一个道士到人家做法事，发现桌子下面有一双钉鞋，想叫小道士拿回去，在经文里加了几句：

> 台子底下，
>
> 有双钉靴。
>
> 拿俚转去，
>
> 落雨著著，
>
> 也是好格。

"落雨"的"落"、"著著"的"著"都是入声，老道士念得有板有眼，味道十足。如果改成北京话："把它拿回去，下雨天穿穿，倒也不赖"，就失去原来滑稽的神韵了。我觉得散文作家最好多会几种语言，至少三种：一普通话；二母语；三母语以外的有入声的一种方言，如吴语、粤语，这实在相当困难。但是我们是干什么的？不是写地域文学的作么？一个搞地域文学的散文作家不掌握几个地区的语言，就有点说不过去。

　　写散文，写地域性的散文既可使读者受到诗的感染，美的浸润，有益于人，对自己也是一种精神的享受。我觉得写这样的散文是最大的快乐。不知道文丛作家以为如何。

　　是为序。

　　　　　　　　　　一九九六年四月十五日

胡同文化

——摄影艺术集《胡同之没》序

北京城像一块大豆腐，四方四正。城里有大街，有胡同。大街、胡同都是正南正北，正东正西。北京人的方位意识极强。过去拉洋车的，逢转弯处都高叫一声"东去！""西去！"以防碰着行人。老两口睡觉，老太太嫌老头子挤着她了，说"你往南边去一点。"这是外地少有的。街道如是斜的，就特别标明是斜街，如烟袋斜街、杨梅竹斜街。大街、胡同，把北京切成一个又一个方块。这种方正不但影响了北京人的生活，也影响了北京人的思想。

胡同原是蒙古语，据说原意是水井，未知确否。胡同的取名，有各种来源。有的是计数的，如东单三条、东四十条。有的原是皇家储存物件的地方，如皮库胡同、惜

*初刊时间、初刊处未详，初收于《草花集》。

薪司胡同（存放柴炭的地方）。有的是这条胡同里曾住过一个有名的人物，如无量大人胡同、石老娘（老娘是接生婆）胡同。大雅宝胡同原名大哑巴胡同，大概胡同里曾住过一个哑巴。王皮胡同是因为有一个姓王的皮匠。王广福胡同原名王寡妇胡同。有的是某种行业集中的地方。手帕胡同大概是卖手帕的。羊肉胡同当初想必是卖羊肉的。有的胡同是象其形状的。高义伯胡同原名狗尾巴胡同。小羊宜宾胡同原名羊尾巴胡同。大概是因为这两条胡同的样子有点像羊尾巴、狗尾巴。有些胡同则不知道何所取义，如大绿纱帽胡同。

胡同有的很宽阔，如东总布胡同、铁狮子胡同。这些胡同两边大都是"宅门"，到现在房屋都还挺整齐。有些胡同很小，如耳朵眼胡同。北京到底有多少胡同？北京人说：有名的胡同三千六，没名的胡同数不清。通常提起"胡同"，多指的是小胡同。

胡同是贯通大街的网络。它距离闹市很近，打个酱油，约二斤鸡蛋什么的，很方便，但又似很远。这里没有车水马龙，总是安安静静。偶尔有剃头挑子的"唤头"（像一个大镊子，用铁棒从当中擦过，便发出嗡的一声）、磨剪子磨刀的"惊闺"（十几个铁片穿成一串，摇动作声）、算命的盲人（现在早没有了）吹的短笛的声音。这些声音不但不显得喧闹，倒显得胡同里更加安静了。

胡同和四合院是一体。胡同两边是若干四合院连接起来的。胡同、四合院，是北京市民的居住方式，也是北京市民的文化形态。我们通常说北京的市民文化，就是指的胡同文化。胡同文化是北京文化的重要组成部分，即使不是最主要的部分。

胡同文化是一种封闭的文化。住在胡同里的居民大都安土重迁，不大愿意搬家。有在一个胡同里一住住几十年的，甚至有住了几辈子的。胡同里的房屋大都很旧了，"地根儿"房子就不太好，旧房檩，断砖墙。下雨天常是外面大下，屋里小下。一到下大雨，总可以听到房塌的声音，那是胡同里的房子。但是他们舍不得"挪窝儿"，——"破家值万贯"。

四合院是一个盒子。北京人理想的住家是"独门独院"。北京人也很讲究"处街坊"。"远亲不如近邻"。"街坊里道"的，谁家有点事，婚丧嫁娶，都得"随"一点"份子"，道个喜或道个恼，不这样就不合"礼数"。但是平常日子，过往不多，除了有的街坊是棋友，"杀"一盘；有的是酒友，到"大酒缸"（过去山西人开的酒铺，都没有桌子，在酒缸上放一块规成圆形的厚板以代酒桌）喝两"个"（大酒缸二两一杯，叫做"一个"）；或是鸟友，不约而同，各晃着鸟笼，到天坛城根、玉渊潭去"会鸟"（会鸟是把鸟笼挂在一处，既可让鸟互相学叫，也互相比赛），此外，"各人自扫门前雪，休管他人瓦上霜"。

北京人易于满足，他们对生活的物质要求不高。有窝头，就知足了。大腌萝卜，就不错。小酱萝卜，那还有什么说的。臭豆腐滴几滴香油，可以待姑奶奶。虾米皮熬白菜，嘿！我认识一个在国子监当过差，伺候过陆润庠、王垿等祭酒的老人，他说："哪儿也比不了北京。北京的熬白菜也比别处好吃，——五味神在北京。"五味神是什么神？我至今考查不出来。但是北京人的大白菜文化却是可以理解的。北京人每个人一辈子吃的大白菜摞起来大概有北海白塔那么高。

北京人爱瞧热闹，但是不爱管闲事。他们总是置身事外，冷眼旁观。北京是民主运动的策源地，"民国"以来，常有学生运动。北京人管学生运动叫做"闹学生"。学生示威游行，叫做"过学生"。与他们无关。

北京胡同文化的精义是"忍"。安分守己，逆来顺受。老舍《茶馆》里的王利发说："我当了一辈子的顺民"，是大部分北京市民的心态。

我的小说《八月骄阳》里写到"文化大革命"，有这样一段对话：

"还有个章法没有？我可是当了一辈子安善良民，从来奉公守法。这会儿，全乱了。我这眼前就跟'下黄土'似的，简直的。分不清东西南北了。"

"您多余操这份儿心。粮店还卖不卖棒子面？"

"卖！"

"还是的。有棒子面就行。……"

我们楼里有个小伙子，为一点事，打了开电梯的小姑娘一个嘴巴。我们都很生气，怎么可以打一个女孩子呢！我跟两个上了岁数的老北京（他们是"搬迁户"，原来是住在胡同里的）说，大家应该主持正义，让小伙子当众向小姑娘认错，这二位同声说："叫他认错？门儿也没有！忍着吧！——'穷忍着，富耐着，睡不着眯着！'""睡不着眯着"这话实在太精彩了！睡不着，别烦躁，别起急，眯着，北京人，真有你的！

北京的胡同在衰败，没落。除了少数"宅门"还在那里挺着，大部分民居的房屋都已经很残破，有的地基柱础甚至已经下沉，只有多半截还露在地面上。有些四合院门外还保存已失原形的拴马桩、上马石，记录着失去的荣华。有打不上水来的井眼、磨圆了棱角的石头棋盘，供人凭吊。西风残照，衰草离披，满目荒凉，毫无生气。

看看这些胡同的照片，不禁使人产生怀旧情绪，甚至有些伤感。但是这是无可奈何的事。在商品经济大潮的席卷之下，胡同和胡同文化总有一天会消失的。也许像西安的虾蟆陵，南京的乌衣巷，还会保留一两个名目，使人怅望低徊。

再见吧，胡同。

一九九三年三月十五日

"安逸"

　　"安逸"究竟是什么意思？说不准。是安稳、闲豫、喜悦、欣慰、愉快……？我们到重庆，川剧名丑李文杰要请我们吃饭，说："不把你两个晕一下，我心里硬是不安逸。"那么"安逸"又有点近乎北京话的"踏实"。安逸是四川人的生活态度，一种人生境界。四川人活得从容不迫，潇潇洒洒，泡泡茶馆，摆摆龙门阵，但求心之所安，便是无上福气，"安逸"是四川文化的精髓。

　　四川语言丰富生动，用词含意，为他省所不及。比如，曾看过一出川戏，一个小丑说："你还阴倒聪明！""阴倒"一词，不能用他词代替。如用"暗暗地"，

---

　　*初刊于一九九七年一月七日《重庆晚报》，初收于人民文学版《汪曾祺全集》第六卷。

"偷偷地"，便无味道。"阴倒"有动态。

四川话里有所谓"言子"，民间谚语、成语、俗话、歇后语，都可说是"言子"。我在抗战（四川人叫"打国仗"）时期曾读过一本"言子"集，很有趣，可惜所收言子太少，又无诠释例句，读起来不大过瘾。我希望能有人编一本比较详尽的言子专集。

随遇而安

　　我当了一回右派，真是三生有幸。要不然我这一生就更加平淡了。

　　我不是一九五七年打成右派的，是一九五八年"补课"补上的，因为本系统指标不够。划右派还要有"指标"，这也有点奇怪。这指标不知是一个什么人所规定的。

　　一九五七年我曾经因为一些言论而受到批判，那是作为思想问题来批判的。在小范围内开了几次会，发言都比较温和，有的甚至可以说很亲切。事后我还是照样编刊物，主持编辑部的日常工作，还随单位的领导和几个同志到河南林县调查过一次民歌。那次出差，给我买了一张软席卧铺车票，我才知道我已经享受"高干"待遇了。第一

　　＊初刊于《收获》一九九一年第二期，初收于《汪曾祺小品》。

次坐软卧，心里很不安。我们在洛阳吃了黄河鲤鱼，随即到林县的红旗渠看了两三天。凿通了太行山，把漳河水引到河南来，水在山腰的石渠中活活地流着，很叫人感动。收集了不少民歌。有的民歌很有农民式的浪漫主义的想象，如想到将来渠里可以有"水猪"、"水羊"，想到将来少男少女都会长得很漂亮。上了一次中岳嵩山。这里运载石料的交通工具主要是用人力拉的排子车，特别处是在车上装了一面帆，布帆受风，拉起来轻快得多。帆本是船上用的，这里却施之陆行的板车上，给我十分新鲜的印象。我们去的时候正是桐花盛开的季节，漫山遍野摇曳着淡紫色的繁花，如同梦境。从林县出来，有一条小河。河的一面是峭壁，一面是平野，岸边密植杨柳，河水清澈，沁人心脾。我好像曾经见过这条河，以后还会看到这样的河。这次旅行很愉快，我和同志们也相处得很融洽，没有一点隔阂，一点别扭。这次批判没有使我觉得受了伤害，没有留下阴影。

一九五八年夏天，一天（我这人很糊涂，不记日记，许多事都记不准时间），我照常去上班，一上楼梯，过道里贴满了围攻我的大字报。要拔掉编辑部的"白旗"，措辞很激烈，已经出现"右派"字样。我顿时傻了。运动，都是这样：突然袭击。其实背后已经策划了一些日子，开了几次会，作了充分的准备，只是本人还蒙在鼓里，什么也不知道。这可以说是暗算。但愿这种暗算以后少来，这实在是很伤人的。如果当时量一量血压，一定会猛然增高。我是有实际数据的。"文化大革命"中我一天早上看到一批侮辱性的大字报，到医务所量了量血压，低压110，高压170。平常我的血压是相当平稳正常的，90—130。我觉得卫生部应该发一个文件：为了保障人民的健康，不要再搞突然袭击式的政治运动。

开了不知多少次批判会。所有的同志都发了言。不发言是不行的。我规规矩矩地听着，记录下这些发言。这些发言我已经完全都忘了，便是当时也没有记住，因为我觉得这好像不是说的我，是说的另外一个别的人，或者是一个根本不存在的，假设的，虚空的对象。有两个发言我还留下印象。我为一组义和团故事写过一篇读后感，题目是《仇恨·轻蔑·自豪》。这位同志说："你对谁仇恨？轻蔑谁？自豪什么？"我发表过一组极短的诗，其中有一首《早春》，原文如下：

(新绿是朦胧的，飘浮在树杪，完全不像是叶子……)

远树的绿色的呼吸。

批判的同志说：连呼吸都是绿的了，你把我们的社会主义社会污蔑到了什么程度？！听到这样的批判，我只有停笔不记，愣在那里。我想辩解两句，行么？当时我想：鲁迅曾说费厄泼赖应该缓行，现在本来应该到了可行的时候，但还是不行。中国大概永远没有费厄的时候。所谓"大辩论"，其实是"大辩认"，他辩你认。稍微辩解，便是"态度问题"。态度好，问题可以减轻；态度不好，加重。问题是问题，态度是态度，问题大小是客观存在，怎么能因为态度如何而膨大或收缩呢？许多错案都是因为本人为了态度好而屈认，而造成的。假如再有运动（阿弥陀佛，但愿真的不再有了），对实事求是、据理力争的同志应予表扬。

开了多次会，批判的同志实在没有多少可说的了。那两位批判"仇恨·轻蔑·自豪"和"绿色的呼吸"的同志当然也知道这样的批判是不能成立的。批判"绿色的呼吸"的同志本人是诗人，他当然知道诗是不能这样引申解释的。他们也是没话找话说，不得已。我因此觉得开批判会对被批判者是过关，对批判者也是过关。他们也并不好受。因此，我当时就对他们没有怨恨，甚至还有点同情。我们以前是朋友，以后的关系也不错。我记下这两个例子，只是说明批判是一出荒诞戏剧，如莎士比亚说，所有的上场的人都只是角色。

我在一篇写右派的小说里写过："写了无数次检查，听了无数次批判，……她不再觉得痛苦，只是非常的疲倦。她想：定一个什么罪名，给一个什么处分都行，只求快一点，快一点过去，不要再开会，不要再写检查。"这是我的亲身体会。其实，问题只是那一些，只要写一次检查，开一次会，甚至一次会不开，就可以定案。但是不，非得开够了"数"不可。原来运动是一种疲劳战术，非得把人搞得极度疲劳，身心交瘁，丧失一切意志，瘫软在地上不可。我写了多次检查，一次比一次更没有内容，更不深刻，但是我知道，就要收场了，因为大家都累了。

　　结论下来了：定为一般右派，下放农村劳动。

　　我当时的心情是很复杂的。我在那篇写右派的小说里写道："……她带着一种奇怪的微笑。"我那天回到家里，见到爱人说，"定成右派了"，脸上就是带着这种奇怪的微笑的。我也不知道我为什么要笑。

　　我想起金圣叹。金圣叹在临刑前给人写信，说"杀头，至痛也，而圣叹于无意中得之，亦奇"。有人说这不可靠。金圣叹给儿子的信中说："字谕大儿知悉，花生米与豆腐干同嚼，有火腿滋味"，有人说这更不可靠。我以前也不大相信，临刑之前，怎能开这种玩笑？现在，我相信这是真实的。人到极其无可奈何的时候，往往会生出这种比悲号更为沉痛的滑稽感，鲁迅说金圣叹"化屠夫的凶残为一笑"，鲁迅没有被杀过头，也没有当过右派，他没有这种体验。

另一方面，我又是真心实意地认为我是犯了错误，是有罪的，是需要改造的。我下放劳动的地点是张家口沙岭子。离家前我爱人单位正在搞军事化，受军事训练，她不能请假回来送我。我留了一个条子："等我五年，等我改造好了回来。"就背起行李，上了火车。

右派的遭遇各不相同，有幸有不幸。我这个右派算是很幸运的，没有受多少罪。我下放的单位是一个地区性的农业科学研究所。所里有不少技师、技术员，所领导对知识分子是了解的，只是在干部和农业工人（也就是农民）的组长一级介绍了我们的情况（和我同时下放到这里的还有另外几个人），并没有在全体职工面前宣布我们的问题。不少农业工人不知道我们是来干什么的，只说是毛主席叫我们下来锻炼锻炼的。因此，我们并未受到歧视。

初干农活，当然很累。像起猪圈、刨冻粪这样的重活，真够一呛。我这才知道"劳动是沉重的负担"这句话的意义。但还是咬着牙挺过来了。我当时想：只要我下一步不倒下来，死掉，我就得拼命地干。大部分的农活我都干过，力气也增长了，能够扛一百七十斤重的一麻袋粮食稳稳地走上和地面成四十五度角那样陡的高跳。后来相对固定在果园上班。果园的活比较轻松，也比"大田"有意思。最常干的活是给果树喷波尔多液。硫酸铜加石灰，兑上适量的水，便是波尔多液，颜色浅蓝如晴空，很好看。喷波尔多液是为了防治果树病害，是常年要喷的。喷波尔多液是个细致活。不能喷得太少，太少了不起作用；不能太多，太多了果树叶子挂不住，流了。叶面、叶背都得喷到。许多工人没这个耐心，于是喷波尔多液的工作大部分落在我的头上，我成了喷波尔多液的能手。喷波尔多液次数多了，我的几件白衬衫都变成了浅蓝色。

我们和农业工人干活在一起，吃住在一起。晚上被窝挨着被窝睡在一铺大炕上。农业工人在枕头上和我说了一些心里话，没有顾忌。我这才比较切近地观察了农民，比较知道中国的农村，中国的农民是怎么一回事。这对我确立以后的生活态度和写作态度是很有好处的。

我们在下面也有文娱活动。这里兴唱山西梆子（中路梆子），工人里不少都会唱两句。我去给他们化妆。原来唱旦角的都是用粉妆，——鹅蛋粉、胭脂，黑锅烟子描眉。我改成用戏剧油彩，这比粉妆要漂亮得多。我勾的脸谱比张家口专业剧团的"黑"（山西梆子谓花脸为"黑"）还要干净讲究。遇春节，沙岭子堡（镇）闹社火，几个年轻的女工要去跑旱船，我用油底浅妆把她们一个个打扮得如花似玉，轰动一堡，几个女工高兴得不得了。我们和几个职工还合演过戏，我记得演过的有小歌剧《三月三》、崔嵬的独幕话剧《十六条枪》。一年除夕，在"堡"里演话剧，海报上特别标出一行字：

台上有布景

这里的老乡还没有见过个布景。这布景是我们指导着一个木工做的。演完戏，我还要赶火车回北京。我连妆都没卸干净，就上了车。

一九五九年底给我们几个人作鉴定，参加的有工人组长和部分干部。工人组长一致认为：老汪干活不藏奸，和群众关系好，"人性"不错，可以摘掉右派帽子。所领导考虑，才下来一年，太快了，再等一年吧。这样，我就在一九六〇年在交了一个思想总结后，经所领导宣布：摘掉右派帽子，结束劳动。暂时无接受单位，在本所协助工作。

我的"工作"主要是画画。我参加过地区农展会的美术工作（我用多种土农药在展览牌上粘贴出一幅很大的松鹤图，色调古雅，这里的美术中专的一位教员曾特别带着学生来观摩）；我在所里布置过"超声波展览馆"（"超声波"怎样用图像表现？声波是看不见的，没有办法，我就画了农林牧副渔多种产品，上面一律用圆规蘸白粉画了一圈又一圈同心圆）。我的"巨著"，是画了一套《中国马铃薯图谱》。这是所里给我的任务。

这个所有一个下属单位"马铃薯研究站"，设在沽源。为什么设在沽源？沽源在坝上，是高寒地区（有一年下大雪，沽源西门外的积雪跟城墙一般高）。马铃薯本是高寒地带的作物。马铃薯在南方种几年，就会退化，需要到坝上调种。沽源是供应全国薯种的基地，研究站设在这里，理所当然。这里集中了全国各地、各个品种的马铃薯，不下百来种。我在张家口买了纸、颜色、笔，带了在沙岭子新华书店买得的《癸巳类稿》、《十驾斋养新录》和两册《容斋随笔》（沙岭子新华书店进了这几种书也很奇怪，如果不是我买，大概永远也卖不出去），就坐长途汽车，奔向沽源。其时在八月下旬。

我在马铃薯研究站画《图谱》，真是神仙过的日子。没有领导，不用开会，就我一个人，自己管自己。这时正是马铃薯开花，我每天趁着露水，到试验田里摘几丛花，插在玻璃杯里，对着花描画。我曾经给北京的朋友写过一首长诗，叙述我的生活。全诗已忘，只记得两句：

坐对一丛花，

眸子炯如虎。

下午，画马铃薯的叶子。天渐渐凉了，马铃薯陆续成熟，就开始画薯块。画一个整薯，还要切开来画一个剖面。一块马铃薯画完了，薯块就再无用处，我于是随手埋进牛粪火里，烤烤，吃掉。我敢说，像我一样吃过那么多品种的马铃薯的，全国盖无第二人。

沽源是绝塞孤城。这本来是一个军台。清代制度，大臣犯罪，往往由帝皇批示"发往军台效力"，这处分比充军要轻一些（名曰"效力"，实际上大臣自己并不去，只是闲住在张家口，花钱雇一个人去军台充数）。我于是在《容斋随笔》的扉页上，用朱笔画了一方图章，文曰：

效力军台

白天画画，晚上就看我带去的几本书。

一九六二年初，我调回北京，在北京京剧团担任编剧，直至离休。

摘掉右派分子帽子，不等于不是右派了。"文革"期间，有人来外调，我写了一个旁证材料。人事科的同志在材料上加了批注：

该人是摘帽右派，所提供情况，仅供参考。

我对"摘帽右派"很反感，对"该人"也很反感。"该人"跟"该犯"差不了多少。我不知道我们的人事干部从什么地方学来的这种带封建意味的称谓。

"文化大革命"，我是本单位第一批被揪出来的，因为有"前科"。

"文革"期间给我贴的大字报，标题是：

老右派，新表演

我搞了一些时期"样板戏"，江青似乎很赏识我，但是忽然有一天宣布："汪曾祺可以控制使用。"这主要当然是因为我曾是右派。在"控制使用"的压力下搞创作，那滋味可想而知。

一直到一九七九年给全国绝大多数右派分子平反，我才算跟右派的影子告别。我到原单位去交材料，并向经办我的专案的同志道谢："为了我的问题的平反，你们做了很多工作，麻烦你们了，谢谢！"那几位同志说："别说这些了吧！二十年了！"

有人问我："这些年你是怎么过来的？"他们大概觉得我的精神状态不错，有些奇怪，想了解我是凭仗什么力量支持过来的。我回答：

"随遇而安。"

丁玲同志曾说她从被划为右派到北大荒劳动，是"逆来顺受"。我觉得这太苦涩了，"随遇而安"，更轻松一些。

"遇"，当然是不顺的境遇，"安"，也是不得已。不"安"，又怎么着呢？既已如此，何不想开些。如北京人所说："哄自己玩儿。"当然，也不完全是哄自己。生活，是很好玩的。

随遇而安不是一种好的心态，这对民族的亲和力和凝聚力是会产生消极作用的。这种心态的产生，有历史的原因（如受老庄思想的影响），本人气质的原因（我就不是具有抗争性格的人），但是更重要的是客观，是"遇"，是环境的，生活的，尤其是政治环境的原因。中国的知识分子是善良的。曾被打成右派的那一代人，除了已经死掉的，大多数都还在努力地工作。他们的工作的动力，一是要实证自己的价值。人活着，总得做一点事。二是对生我养我的故国未免有情。但是，要恢复对在上者的信任，甚至轻信，恢复年青时的天真的热情，恐怕是很难了。他们对世事看淡了，看透了，对现实多多少少是疏离的。受过伤的心总是有疐的。人的心，是脆的。

这是没有办法的事。

为政临民者，可不慎乎。

一九九一年一月三十一日

自得其乐

　　孙犁同志说写作是他的最好的休息。是这样。一个人在写作的时候是最充实的时候，也是最快乐的时候。凝眸既久（我在构思一篇作品时，我的孩子都说我在翻白眼），欣然命笔，人在一种甜美的兴奋和平时没有的敏锐之中，这样的时候，真是虽南面王不与易也。写成之后，觉得不错，提刀却立，四顾踌躇，对自己说："你小子还真有两下子！"此乐非局外人所能想象。但是一个人不能从早写到晚，那样就成了一架写作机器，总得岔乎岔乎，找点事情消遣消遣，通常说，得有点业余爱好。

　　我年轻时爱唱戏。起初唱青衣、梅派；后来改唱余派

　　＊初刊于《艺术世界》一九九二年第一期，初收于《汪曾祺散文随笔选集》。

老生。大学三四年级唱了一阵昆曲，吹了一阵笛子。后来到剧团工作，就不再唱戏吹笛子了，因为剧团有许多专业名角，在他们面前吹唱，真成了班门弄斧，还是以藏拙为好。笛子本来还可以吹吹，我的笛风甚好，是"满口笛"，但是后来没法再吹，因为我的牙齿陆续掉光了，撒风漏气。

这些年来我的业余爱好，只有：写写字、画画画、做做菜。

我的字照说是有些基本功的。当然从描红模子开始。我记得我描的红模子是："暮春三月，江南草长，雜花生樹，群鶯亂飛。"这十六个字其实是很难写的，也许是写红模子的先生故意用这些结体复杂的字来折磨小孩子，而且红模子底子是欧字，这就更难落笔了。不过这也有好处，可以让孩子略窥笔意，知道字是不可以乱写的。大概在我十一二岁的时候，那年暑假，我的祖父忽然高了兴，要亲自教我《论语》，并日课大字一张，小字二十行。大字写《圭峰碑》、小字写《闲邪公家传》，这两本帖都是祖父从他的藏帖中选出来的。祖父认为我的字有点才分，奖了我一块猪肝紫端砚，是圆的，并且拿了几本初拓的字帖给我，让我常看看。我记得有小字《麻姑仙坛》、虞世南的《夫子庙堂碑》、褚遂良的《圣教序》。小学毕业的暑假，我在三姑父家从一个姓韦的先生读桐城派古文，并跟他学写字。韦先生是写魏碑的，但他让我临的却是《多宝塔》。初一暑假，我父亲拿了一本影印的《张猛龙碑》，说："你最好写写魏碑，这样字才有骨力。"我于是写了相当长时期《张猛龙》。用的是我父亲选购来的特殊的纸。这种纸是用稻草做的，纸质较粗，也厚，写魏碑很合适，用笔须沉着，不能浮滑。这种纸一张有二尺高，尺半宽，我每天写满一张。写《张猛龙》使我终身受益，到现在我的字的间架用笔还能看出痕迹。这以后，我没有认真临过帖，平常只是读帖而已。我于二王书未窥门径。写过一个很短时期的《乐毅论》，放下了，因为我很懒。《行穰》、《丧乱》等帖我很欣赏，但我知道我写不来那样的字。我觉得王大令的字的确比王右军写得好。读颜真卿的《祭侄文》，觉得这才是真正的颜字，并且对颜书从二王来之说很信服。大学时，喜读宋四家。有人说中国书法一坏于颜真卿，二坏于宋四家，这话有道理。但我觉得宋人书是书法的一次解放，宋人字的特点是少拘束，有个性，我比较喜欢蔡京和米芾的字（苏东坡字太俗，黄山谷字做作）。有人说米字不可多看，多看则终身摆脱不开，想要升入晋唐，就不可能了。一点不错。但是有什么办法呢！打一个不太好听的比方，一写米字，犹如寡妇失了身，无法挽回了。我

　　　　　　　　　　四时佳兴

现在写的字有点《张猛龙》的底子、米字的意思，还加上一点乱七八糟的影响，形成我自己的那么一种体，格韵不高。

我也爱看汉碑。临过一遍《张迁碑》，《石门铭》、《西狭颂》看看而已。我不喜欢《曹全碑》。盖汉碑好处全在筋骨开张，意态从容，《曹全碑》则过于整饬了。

我平日写字，多是小条幅，四尺宣纸一裁为四。这样把书桌上书籍信函往边上推推，摊开纸就能写了。正儿八经地拉开案子，铺了画毡，着意写字，好像练了一趟气功，是很累人的。我都是写行书。写真书，太吃力了。偶尔也写对联。曾在大理写了一副对子：

苍山负雪

洱海流云

字大径尺。字少，只能体兼隶篆。那天喝了一点酒，字写得飞扬霸悍，亦是快事。对联字稍多，则可写行书。为武夷山一招待所写过一副对子：

四围山色临窗秀

一夜溪声入梦清

字颇清秀，似明朝人书。

我画画，没有真正的师承。我父亲是个画家，画写意花卉，我小时爱看他画画，看他怎样布局（用指甲或笔杆的一头划几道印子），画花头，定枝梗，布叶，钩筋，收拾，题款，盖印。这样，我对用墨，用水，用色，略有领会。我从小学到初中，都"以画名"。初二的时候，画了一幅墨荷，裱出后挂在成绩展览室里。这大概是我的画第一次上裱。我读的高中重数理化，功课很紧，就不再画画。大学四年，也极少画画。工作之后，更是久废画笔了。当了右派，下放到一个农业科学研究所，结束劳动后，倒画了不少画，主要的"作品"是两套植物图谱，一套《中国马铃薯图谱》、一套《口蘑图谱》，一是淡水彩，一是钢笔画。摘了帽子回京，到剧团写剧本，没有人知道我能画两笔。重拈画笔，是运动促成的。运动中没完没了地写交待，实在是烦人，于是买了一刀元书纸，于写交待之空隙，瞎抹一气，少抒郁闷。这样就一发而不可收，重新拾起旧营生。有的朋友看见，要了去，挂在屋里，被人发现了，于是求画的人渐多。我的画其实没有什么看头，只是因为是作家的画，比较别致而已。

我也是画花卉的。我很喜欢徐青藤、陈白阳，喜欢李复堂，但受他们的影响不大。我的画不中不西，不今不古，真正是"写意"，带有很大的随意性。曾画了一幅紫藤，满纸淋漓，水气很足，几乎不辨花形。这幅画现在挂在我的家里。我的一个同乡来，问："这画画的是什么？"

我说是："骤雨初晴。"他端详了一会，说："唉，经你一说，是有点那个意思！"他还能看出彩墨之间的一些小块空白，是阳光。我常把后期印象派方法融入国画。我觉得中国画本来都是印象派，只是我这样做，更是有意识的而已。

画中国画还有一种乐趣，是可以在画上题诗，可寄一时意兴，抒感慨，也可以发一点牢骚，曾用干笔焦墨在浙江皮纸上画冬日菊花，题诗代简，寄给一个老朋友，诗是：

> 新沏清茶饭后烟，
>
> 自搔短发负晴暄，
>
> 枝头残菊开还好，
>
> 留得秋光过小年。

为宗璞画牡丹，只占纸的一角，题曰：

> 人间存一角，
>
> 聊放侧枝花，
>
> 欣然亦自得，
>
> 不共赤城霞。

宗璞把这首诗念给冯友兰先生听了，冯先生说："诗中有人"。

今年洛阳春寒，牡丹至期不开。张抗抗在洛阳等了几天，败兴而归，写了一篇散文《牡丹的拒绝》。我给她画了一幅画，红叶绿花，并题一诗：

> 看朱成碧且由他，
>
> 大道从来直似斜。
>
> 见说洛阳春索寞，
>
> 牡丹拒绝著繁花。

我的画，遣兴而已，只能自己玩玩，送人是不够格的。最近请人刻一闲章："只可自怡悦"，用以押角，是实在话。

体力充沛，材料凑手，做几个菜，是很有意思的。做菜，必须自己去买菜。提一菜筐，逛逛菜市，比空着手遛弯儿要"好白相"。到一个新地方，我不爱逛百货商场，却爱逛菜市，菜市更有生活气息一些。买菜的过程，也是构思的过程。想炒一盘雪里蕻冬笋，菜市场冬笋卖完了，却有新到的荷兰豌豆，只好临时"改戏"。做菜，也是一种轻量的运动。洗菜，切菜，炒菜，都得站着（没有人坐着炒菜的），这样对成天伏案的人，可以改换一下身体的姿势，是有好处的。

做菜待客，须看对象。聂华苓和保罗·安格尔夫妇到北京来，中国作协不知是哪一位，忽发奇想，在宴请几次后，让我在家里做几个菜招待他们，说是这样别致一点。我给做了几道菜，其中有一道煮干丝。这是淮扬菜。华苓是湖北人，年轻时是吃过的。但在美国不易吃到。她吃得非常惬意，连最后剩的一点汤都端起碗来喝掉了。不是这道菜如何稀罕，我只是有意逗引她的故国乡情耳。台湾女作家陈怡真（我在美国认识她），到北京来，指名要我给她做一回饭。我给她做了几个菜。一个是干烧小萝卜。我知道台湾没有"杨花萝卜"（只有白萝卜）。那几天正是北京小萝卜长得最足最嫩的时候。这个菜连我自己吃了都很惊诧：味道鲜甜如此！我还给她炒了一盘云南的干巴菌。台湾咋会有干巴菌呢？她吃了，还剩下一点，用一个塑料袋包起，说带到宾馆去吃。如果我给云南人炒一盘干巴菌，给扬州人煮一碗干丝，那就成了鲁迅请曹靖华吃柿霜糖了。

做菜要实践。要多吃，多问，多看（看菜谱），多做。一个菜点得试烧几回，才能掌握咸淡火候。冰糖肘子、乳腐肉，何时焖软入味，只有神而明之，但是更重要的是要富于想象。想得到，才能做得出。我曾用家乡拌荠菜法凉拌菠菜。半大菠菜（太老太嫩都不行），入开水锅焯至断生，捞出，去根切碎，入少盐，挤去汁，与香干（北京无香干，以熏干代）细丁、虾米、蒜末、姜末一起，在盘中抟成宝塔状，上桌后淋以麻油酱醋，推倒拌匀。有余姚作家尝后，说是"很像马兰头"。这道菜成了我家待不速之客的应急的保留节目。有一道菜，敢称是我的发明：塞肉回锅油条。油条切段，寸半许长，肉馅剁至成泥，入细葱花、少量榨菜或酱瓜末拌匀，塞入油条段中，入半开油锅重炸。嚼之酥碎，真可声动十里人。

我很欣赏《杨恽报孙会宗书》："田彼南山，芜秽不治。种一顷豆，落而为萁。人生行乐耳，须富贵何时。""人生行乐耳，须富贵何时"，说得何等潇洒。不知道为什么，汉宣帝竟因此把他腰斩了，我一直想不透。这样的话，也不许说么？

　　　　　　　　四时佳兴

知识分子的知识化

　　这个题目似乎不通。顾名思义，"知识分子"，当然是有知识的，有什么"知识化"的问题？这里所谓"知识"，不是指对某一学科的专业知识，而是指全面的文化修养。

　　四十多年前，在昆明华山南路一家裱画店看到一幅字，一下子把我吸引住了。是一个窄长的条幅，浅银红蜡笺，写的是《前赤壁赋》。地道的，纯正的文徵明体小楷，清秀潇洒，雅韵欲流。现在能写这样文徵明体小楷的不多了！看看后面的落款，是"吴兴赵九章"！这太出乎我的意料了！赵九章是当时少有的或仅有的地球物理学家，竟然能写这样漂亮的小字，他真不愧是吴兴人！我们知道

　　＊初刊于一九九〇年四月六日《人民政协报》，初收于北师大版《汪曾祺全集》第四卷。

华罗庚先生是写散曲的（他是金坛人，写的却是北曲，爱用"俺"字），有一次我在北京市委党校附近的商场看到华先生用行书写的招牌，也奔放，也蕴藉，较之以写字赚大钱的江湖书法家的字高出多矣！我没有想到华先生还能写字。一看，就知道：这是一个有学问的人写的字。我们知道，严济慈先生，苏步青先生都写旧体诗。严先生的书法也极有功力。如果我没有记错，"欧美同学会"的门匾的笔力坚挺的欧体大字，就是严先生的手笔（欧体写成大字，很要力气）。我们大概四二、四三年间，在昆明云南大学成立了一个曲社，有时做"同期"。参加"同期"的除了文科师生，常有几位搞自然科学的教授、讲师。许宝骤先生是数论专家，但许家是昆曲世家，许先生的曲子唱得很讲究。我的《刺虎》就是他亲授的。崔芝兰先生（女）是生物系教授，几十年都在研究蝌蚪的尾巴，但是酷爱昆曲，每"期"必到，经常唱的是《西厢记·楼会》。吴征镒先生是植物分类学专家，是唱老生的。他当年嗓子好，中气足，能把《弹词》的"九转货郎儿"唱到底，有时也唱《扫秦》。现在，他还在唱，只是当年曲友风流云散，找一个摁笛的也不易了。

解放以后的教育过于急功近利。搞自然科学的只知埋头于本科，成了一个科技匠，较之上一代的科学家的清通渊博风流儒雅相去远矣。

自然科学界如此，治人文科学者也差不多。

就拿我们这行来说。写小说的只管写小说，写诗的只管写诗，搞理论的只管搞理论，对一般的文化知识兴趣不大。前几年王蒙同志提出作家学者化，看来确实有这个问题。拿写字说。前一代，郭老、茅公、叶圣老、王统照的字都写得很好。闻一多先生的金文旷绝一代，沈从文先生的章草自成一格。到了我们这一辈就不行了。比我更年轻的作家的字大部分都拿不出手。作家写的字不像样子，这点不大说得过去。

提高知识分子的文化修养，这不是问题么？

知识分子的文化修养普遍地提高了，这对提高我们全民族的文化修养将会起很大的推动作用。反之，如果知识分子的文化修养不提高，全民族的文化水平将会不堪设想。

一九九〇年三月二日

文人论乐
——读肖伯纳《贝多芬百年祭》

肖伯纳是个多面手。他写小说，写戏，写散文、政论，有一个时期还是报纸的音乐评论专栏的撰稿人。

我是个乐盲，尤其是对于西洋音乐。我不知道肖伯纳文章是不是说得有道理，也许音乐家认为他只是个三脚猫。但是我觉得他的文章很有特点，就是他写出了性格，贝多芬的性格和他的音乐的性格。这使贝多芬能够为普通人理解、接受。这是专业的音乐评论家、乐队指挥办不到的。

不能指出《贝多芬百年祭》和《华伦夫人的职业》、《魔鬼的门徒》有什么关系。但是这篇论文显然是一个小说家、戏剧家写的，它的力量在于它的文学性。

三月七日

*初刊于一九九三年五月七日《光明日报》，初收于《塔上随笔》。

"无事此静坐"

我的外祖父治家整饬，他家的房屋都收拾得很清爽，窗明几净。他有几间空房，檐外有几棵梧桐，室内木榻、漆桌、藤椅。这是他待客的地方。但是他的客人很少，难得有人来。这几间房子是朝北的，夏天很凉快。南墙挂着一条横幅，写着五个正楷大字：

"无事此静坐"。

我很欣赏这五个字的意思。稍大后，知道这是苏东坡的诗，下面的一句是：

"一日当两日"。

事实上，外祖父也很少到这里来。倒是我常常拿了一

＊初刊于一九八九年十月十八日《消费时报》，初收于《汪曾祺小品》。

本闲书，悄悄走进去，坐下来一看半天。看起来，我小小年纪，就已经有了一点隐逸之气了。

静，是一种气质，也是一种修养。诸葛亮云："非淡泊无以明志，非宁静无以致远。"心浮气躁，是成不了大气候的。静是要经过锻炼的，古人叫做"习静"。唐人诗云："山中习静观朝槿，松下清斋折露葵。""习静"可能是道家的一种功夫，习于安静确实是生活于扰攘的尘世中人所不易做到的。静，不是一味地孤寂，不闻世事。我很欣赏宋儒的诗："万物静观皆自得，四时佳兴与人同。"唯静，才能观照万物，对于人间生活充满盎然的兴致。静是顺乎自然，也是合乎人道的。

世界是喧闹的。我们现在无法逃到深山里去，唯一的办法是闹中取静。毛主席年轻时曾采取了几种锻炼自己的方法，一种是"闹市读书"。把自己的注意力高度集中起来，不受外界干扰，我想这是可以做到的。

这是一种习惯，也是环境造成的。我下放张家口沙岭子农业科学研究所劳动，和三十几个农业工人同住一屋。他们吵吵闹闹，打着马锣唱山西梆子，我能做到心如止水，照样看书、写文章。我有两篇小说，就是在震耳的马锣声中写成的。这种功夫，多年不用，已经退步了，我现在写东西总还是希望有个比较安静的环境，但也不必一定要到海边或山边的别墅中才能构思。

大概有十多年了，我养成了静坐的习惯。我家有一对旧沙发，有几十年了。我每天早上泡一杯茶，点一支烟，坐在沙发里，坐一个多小时。虽是块然独坐，然而浮想联翩。一些故人往事，一些声音、一些颜色、一些语言、一些细节，会逐渐在我的眼前清晰起来，生动起来。这样连续坐几个早晨，想得成熟了，就能落笔写出一点东西。我的一些小说散文，常得之于清晨静坐之中。曾见齐白石一小幅画，画的是淡蓝色的野藤花，有很多小蜜蜂，有颇长的题记，说这是他家山的野藤，花时游蜂无数，他有个孙子曾被蜂螫，现在这个孙子也能画这种藤花了，最后两句我一直记得很清楚："静思往事，如在目底"。这段题记是用金冬心体写的，字画皆极娟好。"静思往事，如在目底"，我觉得这是最好的创作心理状态。就是下笔的时候，也最好心里很平静，如白石老人题画所说："心闲气静时一挥"。

我是个比较恬淡平和的人，但有时也不免浮躁，最近就有点如我家乡话所说"心里长草"。我希望政通人和，使大家能安安静静坐下来，想一点事，读一点书，写一点文章。

一九八九年八月十六日

"无事此静坐"

生　机

芋　头

一九四六年夏天，我离开昆明，去上海，途经香港，因为等船期，滞留了几天，住在一家华侨公寓的楼上。这是一家下等公寓，已经很敝旧了，墙壁多半没有粉刷过。住客是开机帆船的水手，跑澳门做鱿鱼、蚝油生意的小商人，准备到南洋开饭馆的厨师，还有一些说不清是什么身份的角色。这里吃住都是很便宜的。住，很简单，有一条席子，随便哪里都能躺一夜。每天两顿饭，米很白。菜是一碟炒通菜，一碟在开水里焯过的墨斗鱼脚，还顿顿如

　　*初刊于《丑小鸭》一九八五年第八期，初收于北师大版《汪曾祺全集》第三卷。

此。墨斗鱼脚，我倒爱吃，因为这是海味。——我在昆明七年，很少吃到海味。只是心情很不好。我到上海，想去谋一个职业，一点着落也没有，真是前途渺茫。带来的钱，买了船票，已经所剩无几。在这里又是举目无亲，连一个可以说说话的人都没有。我整天无所事事，除了到皇后道、德辅道去瞎逛，就是踅到走廊上去看水手、小商人、厨师打麻将。真是无聊呀。

我忽然发现了一个奇迹，一棵芋头！楼上的一侧，一个很大的阳台，阳台上堆着一堆煤块，煤块里竟然长出一棵芋头！大概不知是谁把一个不中吃的芋头随手扔在煤堆里，它竟然活了。没有土壤，更没有肥料，仅仅靠了一点雨水，它，长出了几片碧绿肥厚的大叶子，在微风里高高兴兴地摇曳着。在寂寞的羁旅之中看到这几片绿叶，我心里真是说不出的喜欢。

这几片绿叶使我欣慰，并且，并不夸张地说，使我获得一点生活的勇气。

豆　芽

秦老九去点豆子。所有的田埂都点到了。——豆子一般都点在田埂的两侧，叫做"豆埂"，很少占用好地的。豆子不需要精心管理，任其自由生长。谚云："懒媳妇种豆"。还剩下一把。秦老九懒得把这豆子带回去。就掀开路旁一块石头，把豆子撒到石头下面，说了一声："去你妈的"，又把石头放下了。

过了一阵，过了谷雨，立夏了，秦老九到田头去干活，路过这块石头，他的眼睛瞪得像铃铛：石头升高了！他趴下来看看！豆子发了芽，一群豆芽把石头顶起来了。

"咦！"

刹那之间，秦老九成了一个哲学家。

长进树皮里的铁蒺藜

玉渊潭当中有一条南北的长堤，把玉渊潭隔成了东湖和西湖。堤中间有一水闸，东西两湖之水可通。东湖挨近钓鱼台。"四人帮"横行时期，沿东湖岸边拦了铁丝网。附近的老居民把铁丝网叫做铁蒺藜。铁丝网就缠在湖边的柳树干上，绕一个圈，用钉子钉死。东湖被圈禁起来了。湖里长满了水草，有成群的野鸭凫游，没有人。湖中的堤上还可以通过，也可以散散步，但是最好不要停留太久，更不能拍照。我的孩子有一次带了一个照相机，举起来对着钓鱼台方向比了比，马上走过来一个解放军，很严肃地说："不许拍照！"行人从堤上过，总不禁要向钓鱼台看两眼，心里想：那里头现在在干什么呢？

"四人帮"粉碎后，铁丝网拆掉了。东湖解放了。岸上有人散步，遛鸟，湖里有了游船，还有人划着轮胎内带扎成的筏子撒网捕鱼，有人弹吉他、吹口琴、唱歌。住在附近的老人每天在固定的地方聚会闲谈。他们谈柴米油盐、男婚女嫁、玉渊潭的变迁……

但是铁蒺藜并没有拆净。有一棵柳树上还留着一圈。铁蒺藜勒得紧，柳树长大了，把铁蒺藜长进树皮里去了。兜着铁蒺藜的树皮愈合了。鼓出了一圈，外面还露着一截铁的毛刺。

有人问："这棵树怎么啦？"

一个老人说："铁蒺藜勒的！"

这棵柳树将带着一圈长进树皮里的铁蒺藜继续往上长，长得很大，很高。

文人与书法

　　自古有很多文人的字是写得很好的。《上阳台诗》有争议，但《张好好诗》没问题，宋四家都是文学家兼书法家。有人认为中国的书法一坏于颜真卿、再坏于宋四家。虽有道理，未免偏激。宋人是很懂书法之美的。苏东坡自己说得很明确："我虽不善书，晓书莫如我。"他本人确实懂字，他的字很多，我觉得不如蔡京的，蔡京字好人不好，但不能因人废书。也有文人的字写得不好，我见过司马光的一件作品，字不好。四川乐山有他一块碑，写得还可以。他不算书法家，但他的字很有味，是大学问家写

　　* 初刊于《中国书法》一九九四年第五期，是该刊组织的座谈会发言纪要，参加者还有李准、邓友梅、唐达成、林斤澜等，此为作者发言内容，初收于北师大版《汪曾祺全集》第六卷，有删节。

的字。也有大学问家字写得不好的，如龚定盦。他一生没当过翰林，就是因为书法不行。他中过进士，但没点翰林。他的字虽然不好，但很有味。这种文人书法的"味"，常常不是职业书法家所能达到的。"馆阁体"限制了多少人哪！

我到台湾去有一个感觉，台湾的牌匾，大部分是欧体，不像我们大陆的字龙飞凤舞、非隶非篆的。台湾是欧体、唐楷多，他们"故宫博物院"的说明也全是欧体。这使我想到一个问题，写字还是从楷书学起。楷书比较规整的是欧体。如果一开始就写颜字，容易叫小孩把字写坏了。茅盾的字有点欧味，有人说像成亲王，茅公说他没学过成亲王。扬州有个人考证茅公的字是从欧字来的，但不是《九成宫》那类楷书，而是欧的行书体。

我觉得要重视书法。台湾对传统文化比较重视。台湾的书法比较端正。台湾很多作家能背很多古文。台湾的语文教科书中没有白话文，全是文言文。这样做不一定对。但是从我们的语文教材的比例看，文言文的比重比较少。我认为作为一个作家来说，不熟读若干古文，是不适于写散文的，小说另当别论。

我没想到那么多人喜欢书法，爱好字，这是件好事。现在的小学生很麻烦，因为老师就不懂书法，写的都是印刷体、仿宋体。还得从楷书入手，现在有个麻烦，换笔问题。我是换不了笔的。相当多年以前，我是用毛笔写稿的，改成横写，我别扭了好几年。到现在我也很难想象用电脑写作，我认为电脑写作是机器在写作不是我在写作。感觉不一样。你让我用电脑思维，我至少在相当长的时间里办不到。当然写几十万字的长篇小说也可能用电脑方便，我因为不写长的，所以还是喜欢用笔。

现在有个书协，会员那么多，成就那么大，这是很令人欣慰的事。另外，有必要强调基本功。有的写篆隶是有真功夫的，有的是花架子。首先得把楷书、行书写好。有人写很大的篆隶，题款不像样子，行书不会写。现在还有人鼓励小孩子写篆隶，我以为不妥，还是先写楷书。

我认为写隶书体不适于写唐诗，时代不一样。

你字没写好是因为运动。

我反对用电脑，平时也应该读读帖、练练字。

色调也高雅、不俗。

中国毛笔应该怎么做？唐以前不是羊毫，但现在硬毫太少了。日本书法多是狼毫写的。我们现在的笔是大肥肚子，写不了多少字就掉毛。早年胡小石在昆明时，正赶上灭鼠运动，他就积攒了不少鼠须，他的字有不少是鼠须笔写的。

我说句得罪人的话，书协应该多吸收些高档级的成员，去除一些低级"书家"。

淮海战役，邓小平用毛笔写电文。

台湾语文课本里有京剧剧本。

泰山写"龙"（？）的摩崖大字我主张铲掉。

(汉字)将来改来改去，连律诗都对不了仗了。

江泽民同志签名也是繁体。

中国人是用文字思维，不只是用语言思维。

出版单位出版古本字帖，不要出选字，这样看不到原文全貌。

平心静气

——《布衣文丛》代序

把这样一些看似彼此没有多大关联的文章放在一起，编成一套书，有什么意义？意义还是有的。这些文章虽然散散漫漫，但有一种内在联系贯通的东西，那就是都是谈人生的，对人生的态度和感受。或多或少，都有一点人道主义的精神。

宋儒提出过"饿死事小，失节事大"这种不通人情，悖乎人性的酷论，因此为后世所诟病，但宋儒亦有可取的一面。我很欣赏这样的境界：

> 万物静观皆自得，

> 四时佳兴与人同。

＊原载于《布衣文丛》（民主与建设出版社一九九七年版），初收于北师大版《汪曾祺全集》第六卷。

用一种超功利的眼睛看世界，则凡事皆悠然，而看此世界的人也就得到一种愉快，物我同春，了无粘滞，其精要处乃在一"静"字。道家重"习静"，"山中习静观朝槿"，能静，则虽只活一早上的槿花，亦有无穷生意矣。"与人同"，尤其说得好，善与人乐，匪止独乐，只真得佳兴。

宋人又有诗：

> 顿觉眼前生意满，
>
> 须知世上苦人多。

这说得更为明白。"生意满"即"四时佳兴"，"苦人多"说出对众生的悲悯关怀，此蔼然能仁者之心也。

这样的对生活的态度是多情的，美的。

人之一生感情最深的，莫过于家乡、父母和童年。离开家乡很远了，但家乡的蟋蟀之声尚犹在耳。"仍怜故乡水，万里送行舟"，不论走到天涯海角，故乡总是忘不了的。"哀哀父母，生我劬劳"，这是一种东方式的思想，西方人是不大重视的，但是这种思想是好的。"瓶花妥帖炉香稳，觅我童心四十年"，"大人者不失其赤子之心者也"，人到上了岁数了，最可贵的是能保持新鲜活泼的、碧绿的童心。此书所收的文章，写家乡、父母、童年的比较多，这是很自然的。

人生多苦难。中国人、中国的知识分子生经忧患，接连不断的运动，真是把人"整惨了"。但是中国的知识分子却能把一切都忍受下来，在说起挨整的经过时并不是捶胸顿足，涕泗横流，倒常用一种调侃诙谐的态度对待之，说得挺"逗"，好像这是什么有趣的事。这种幽默出自于痛苦。唯痛苦乃能产生真幽默。唯有幽默，才能对万事平心静气。平心静气，这是中国知识分子的缺点，也是优点。

现在处在市场经济时期，像一般资本主义初期积累时期一样，不免会物欲横流，心情浮躁，重利轻义，道德伦理会遭到一场大破坏。在这样的时候，民主与建设出版社委托邓九平同志主编这套《布衣文丛》，有何意义，对青年读者会产生什么影响？影响是有的，唤醒青年的良知，使他们用一种更纯真，更美的态度对待生活。"随风潜入夜，润物细无声"，在青年人干涸的心里洒一片春雨。

是为序。

一九九六年十一月

文化的异国

　　我年轻时就很喜欢桑德堡的诗，特别是那首《雾》。我去参观桑德堡的故居，在果园里发现两棵凤仙花，我很兴奋，觉得很亲切，问陪同我们参观的一位女士："这是什么花？"她说："不知道。"在中国到处都有的花，美国人竟然不认识。

　　美国也有菊花，我所见的只有两种，紫红色的和黄色的，都是短瓣、头状花序，没有卷瓣的、管瓣的、长瓣的，抱成一个圆球的。当然更不会有"懒梳妆"、"十丈珠帘"、"晓色"、"墨菊"……这样许多名目。美国的插花以多为胜，一大把，插在一个广口玻璃瓶里，不像中国讲究

＊初刊于一九九二年一月十二日《中国时报》，初收于《中国当代名人随笔·汪曾祺卷》。

花、叶、枝、梗，倾侧取势，互相掩映。

美国也有荷花，但美国人似乎并不很欣赏。他们没有读过周敦颐的《爱莲说》，不懂得什么"香远益清"、"出淤泥而不染"。

美国似乎没有梅花。有一个诗人翻译中国诗，把梅花译成杏花。美国人不了解中国人为什么那样喜爱梅花，他们不懂得"疏影横斜水清浅，暗香浮动月黄昏"。不懂得这样的意境，不懂得中国人欣赏花，是欣赏花的高洁，欣赏在花之中所寄寓的人格的美。

中国和西方的审美观念是有很大的不同的。

比较起来，中国对西方的了解比西方对中国的了解要多一些。

我在芝加哥参观美术馆，正赶上后期印象派专题展览，我看了莫奈、梵谷、毕卡索的原作，很为惊异，我自信我对莫奈、梵谷、毕卡索是能看懂的、会欣赏的。

我看了亨利·摩尔的雕塑，不觉得和我有不可逾越的距离。

但是西方人对中国艺术是相当陌生的。

中国"昭陵六骏"的"拳毛騧"、"飒露紫"都在美国的费城大学博物馆展出，我曾特意去看过，真了不起！可是除我之外，没有别人驻足赞叹。

　　　　　　　　　　　四时佳兴

波士顿博物馆陈列着两幅中国名画，关仝的《雪山行旅图》和传宋徽宗摹张萱《捣练图》。《雪山图》气势雄伟，《捣练图》线条劲细，彩墨如新，堪称中国的国宝。但是美国参观的人似乎不屑一顾。

要一般外国人学会欣赏中国的书法，真是太难了，让他们体会王羲之和王献之有什么不同，那是绝对办不到的，文学上也如此。

中国人对美国的作家，从惠特曼、霍桑、马克·吐温到斯坦贝克、海明威……都是相当熟悉的。尤其是海明威，不少中国作家是受了海明威的影响的，包括我。但是美国人知道几个中国作家？有多少人知道鲁迅、沈从文？这公平么？

是不是中国作家水平低？不见得吧！拿沈从文来说，他的作品比日本的川端康成总还要高一些吧！但是川端康成得了诺贝尔奖，沈从文却一直未获提名通过。这公平么？

中国文学没有在世界范围内得到公平的评价，一方面是因为缺乏了解，另一方面，不能不说，全世界的文学界对中国文学存在着偏见。有人甚至说："中国无文学"，这不仅是狂妄，而且是无知！

我在国外时间极短，与一般华人接触甚少，不能了解他们的心态。与在国外的文化、文学工作者也少交谈。但我可以体会，在不公平的，存偏见的环境中，华人作家、艺术家，他们的心情是寂寞的，而且充满了无可申说的愤懑。

　　谁教咱们是中国人呢！

一九九一年五月

　　　　　　　　　　　　　　　　四时佳兴

哀哀父母，生我劬劳

孝大概是一种东方的，特别是中国的思想。

"哀哀父母，生我劬劳"[1]，中国人对于父母的养育之恩总是不能忘记。父母养育儿女，也确实不容易。我有个朋友，父亲早丧，留下五个孩子，他的四个弟弟妹妹（他是老大），全靠母亲一手拉扯大的。母亲有一次对孩子说："你们都成人了，没有一个瘸的，一个瞎的，我总算对得起你们的父亲！"听到母亲这样的话，孩子能够无动于衷么？中国纪念父母的散文特别的多，也非常感人。

欧阳修的《泷冈阡表》通过母亲的转述，表现出欧阳

---

　　*原载于《走近名人文丛》（中国工人出版社一九九六年版），初收于北师大版《汪曾祺全集》第六卷。

　　1　见《诗经·蓼莪》。

修的父亲的人品道德，母亲对父亲的理解，在转述中也就表现出母亲本人的豁达贤惠。"自吾为汝家妇，不及事吾姑，然知汝父之能养也。汝孤而幼，吾不能知汝之必有立，然知汝父之必将有后也。"是真能对丈夫深知而笃信。"……其施于外事，吾不能知。其居于家，无所矜饰，而所为如此，是真发于中者耶？呜呼，其心厚于仁者耶？此吾知汝父必将有后也。""其后修贬夷陵，太夫人言笑自若，曰：'汝家故贫贱也，吾居之有素矣，汝能安之，吾亦安矣。'"这样的见识，真是少见，这是一位贤妻，一位良母，叫人不能不肃然起敬的东方的，中国妇女。

归有光对母亲感情很深，常和妻子谈起母亲，"中夜与其妇泣，妇亦泣。""世乃有无母之人，天乎痛哉！"世上有感情的人，都当与归有光同声一哭。

写父亲、母亲的散文的特点是平淡真挚，"无所矜饰"，不讲大道理，不慷慨激昂，也不装得很革命，不搔首弄姿，顾影自怜。有些追忆父母的散文，其实不是在追忆父母，而是表现作者自己："我很革命，我很优美"，这实在叫人反感。写纪念父母的散文只须画平常人，记平常事，说平常话。姚鼐《与陈硕士》尺牍云："归震川能于不要紧之题，说不要紧之语，却自风韵疏淡"。王世贞说归文"不事雕饰而自有风味"。王锡爵说归文"无意于感人，而欢娱惨恻之思，溢于言表"。但做到这点，并不容易。姚鼐说"此境又非石士所易到耳"。其实也不难，真，不做作。"五四"以来写亲子之情的散文颇少，而给人印象最深的恐怕还得数朱自清的《背影》。朱先生师承的正是欧阳修、归有光的写法。

中国散文，包括写父母的悼念性的文章，自四十年代至七十年代有一个断裂，其特点是作假。这亦散文之一厄。

造成断裂的更深刻的、真正的原因是政治。不断地搞运动，使人心变了，变得粗硬寡情了。不知是谁，发明了一种东西，叫做"划清界限"，使亲子之情变得淡薄了，有时直如路人。更有甚者，变成仇敌，失去人性。

增强父母、儿女之间的感情，对于增强民族的亲和力、凝聚力，是有好处的，必要的。从文学角度看，对继承欧阳修、归有光、朱自清的传统，是有好处的。继承欧、归、朱的传统的前提，是人性的回归。

再也不要搞运动了，这不仅耽误事，而且伤人。这样才能"再使风俗淳"。

因此，《走近名人文丛》的编选是有意义的，意义不只限于文学。

一九九六年四月二日

哀哀父母，生我劬劳

岁朝清供

　　"岁朝清供"是中国画家爱画的画题。明清以后画这个题目的尤其多。任伯年就画过不少幅。画里画的、实际生活里供的，无非是这几样：天竹果、腊梅花、水仙。有时为了填补空白，画里加两个香橼。"橼"谐音圆，取其吉利。水仙、腊梅、天竹，是取其颜色鲜丽。隆冬风厉，百卉凋残，晴窗坐对，眼目增明，是岁朝乐事。

　　我家旧园有腊梅四株，主干粗如汤碗，近春节时，繁花满树。这几棵腊梅磬口檀心，本来是名贵的，但是我们那里重白心而轻檀心，称白心者为"冰心"，而给檀心的起一个不好听的名字："狗心"。我觉得狗心腊梅也很好看。初一一早，我就爬上树去，选择一大枝——要枝子好

---

　　* 初刊时间、初刊处未详，初收于《草花集》。

看，花蕾多的，拗折下来——腊梅枝脆，极易折，插在大胆瓶里。这枝腊梅高可三尺，很壮观。天竹我们家也有一棵，在园西墙角。不知道为什么总是长不大，细弱伶仃，结果也少。我不忍心多折，只是剪两三穗，插进胆瓶，为腊梅增色而已。

我走过很多地方，像我们家那样粗壮的腊梅还没有见过。

在安徽黟县参观古民居，几乎家家都有两三丛天竹。有一家有一棵天竹，结了那么多果子，简直是岂有此理！而且颜色是正红的，——一般天竹果都偏一点紫。我驻足看了半天，已经走出门了，又回去看了一会。大概黟县土壤气候特宜天竹。

在杭州茶叶博物馆，看见一个山坡上种了一大片天竹。我去时不是结果的时候，不能断定果子是什么颜色的，但看梗干枝叶都作深紫色，料想果子也是偏紫的。

任伯年画天竹，果极繁密。齐白石画天竹，果较疏；粒大，而色近朱红。叶亦不作羽状。或云此别是一种，湖南人谓之草天竹，未知是否。

养水仙得会"刻"，否则叶子长得很高，花弱而小，甚至花未放蕾即枯瘪。但是画水仙都还是画完整的球茎，极少画刻过的，即福建画家郑乃珖也不画刻过的水仙。刻过的水仙花美，而形态不入画。

北京人家春节供腊梅、天竹者少，因不易得。富贵人家常在大厅里摆两盆梅花（北京谓之"干枝梅"，很不好听），在泥盆外加开光粉彩或景泰蓝套盆，很俗气。

穷家过年，也要有一点颜色。很多人家养一盆青蒜。这也算代替水仙了吧。或用大萝卜一个，削去尾，挖去肉，空壳内种蒜，铁丝为箍，以线挂在朝阳的窗下，蒜叶碧绿，萝卜皮通红，萝卜缨翻卷上来，也颇悦目。

广州春节有花市，四时鲜花皆有。曾见刘旦宅画"广州春节花市所见"，画的是一个少妇的背影，背兜里背着一个娃娃，右手抱一大束各种颜色的花，左手拈花一朵，微微回头逗弄娃娃，少妇著白上衣，银灰色长裤，身材很苗条。穿浅黄色拖鞋。轻轻两笔，勾出小巧的脚跟。很美。这幅画最动人处，正在脚跟两笔。

这样鲜艳的繁花，很难说是"清供"了。

曾见一幅旧画：一间茅屋，一个老者手捧一个瓦罐，内插梅花一枝，正要放到案上，题目："山家除夕无他事，插了梅花便过年"，这才真是"岁朝清供"！

一九九二年十二月三十一日

昆明年俗

铺 松 毛

昆明春节，很多人家铺松毛——马尾松的针叶。满地碧绿，一室松香。昆明风俗，亦如别处，初一至初五不扫地，——扫地就把财气扫出去了。铺了松毛不唯有过节气氛，也显得干净。

昆明城外，遍地皆植马尾松，松毛易得。

＊初刊于一九九三年二月七日《文汇报》，初收于《榆树村杂记》。

贴 唐 诗

昆明有些店铺过年不贴春联，贴唐诗。

昆明较小的店铺的门面大都是这样：下半截是砖墙，上半截是一排四至八扇木板，早起开门卸下木板，收市后上上。过年不卸板，板外贴万年红纸，上写唐诗各一首。此风别处未见。初一上街闲逛，沿街读唐诗，亦有趣。

劈 甘 蔗

春节街头常见人赌赛劈甘蔗。七八个小伙子，凑钱买一堆甘蔗，人备折刀一把，轮流劈。甘蔗立在地上，用刀尖压住甘蔗梢，急掣刀，小刀在空中画一圈，趁甘蔗未倒，一刀劈下。劈到哪里，切断，以上一截即归劈者。有人能一刀从梢劈通到根，围看的人都喝彩。

掷升官图

掷升官图几个人玩都可以。正方的皮纸上印回文的道

　　　　　　　　　　　　　四时佳兴

道，两道之间印各种官职。每人持一铜钱。掷骰子，按骰子点数往里移动铜钱，到地后一看，也许升几级为某官，也可能降几级。升官图当是清代的玩意，因为有"笔帖式"这样的满官。至升为军机处大臣，即为赢家，大家出钱为贺。有的官是没有实权的，只是一种荣誉，如"紫禁城骑马"。我是很高兴掷到"紫禁城骑马"的，虽然只是纸上骑马，也觉得很风光。

嚼葛根

春节卖葛根。置木板上，上蒙湿了水的蓝布。葛根粗如人臂。给毛把钱，卖葛根的就用薄刃快刀横切几片给你。葛根嚼起来有点像生白薯，但无甜味，微苦。本地人说，吃了可以清火。管它清火不清火，这东西我没有尝过（在中药店里倒见过，但是切成棋子块的），得尝尝，何况不贵。

书画自娱

《中国作家》将在封二发作家的画，拿去我的一幅，还要写几句有关"作家画"的话，写了几句诗：

> 我有一好处，平生不整人。写作颇勤快，人间送小温。或时有佳兴，伸纸画芳春。草花随目见，鱼鸟略似真。唯求俗可耐，宁计故为新。只可自怡悦，不堪持赠君。君若亦欢喜，携归尽一樽。

诗很浅显，不须注释，但可申说两句。给人间送一点小小的温暖，这大概可以说是我的写作的态度。我的画画，更是遣兴而已，我很欣赏宋人诗："四时佳兴与人同"。人活着，就得有点兴致。我不会下棋，不爱打扑克、打麻将，偶尔喝了两杯酒，一时兴起，便裁出一张宣纸，

---

* 初刊于一九九二年二月一日《新民晚报》，初收于北师大版《汪曾祺全集》第五卷。

随意画两笔。所画多是"芳春"——对生活的喜悦。我是画花鸟的。所画的花都是平常的花。北京人把这样的花叫"草花"。我是不种花的，只能画我在街头、陌上、公园里看得很熟的花。我没有画过素描，也没有临摹过多少徐青藤、陈白阳，只是"以意为之"。我很欣赏齐白石的话："太似则媚俗，不似则欺世"。我画鸟，我的女儿称之为"长嘴大眼鸟"。我画得不大像，不是有意求其"不似"，实因功夫不到，不能似耳。但我还是希望能"似"的。当代"文人画"多有烟云满纸，力求怪诞者，我不禁要想起齐白石的话，这是不是"欺世"？"说了归齐"（这是北京话），我的画画，自娱而已。"只可自怡悦，不堪持赠君"，是照搬了陶弘景的原句。我近曾到永嘉去了一次，游了陶公洞，觉得陶弘景是个很有意思的人，他是道教的重要人物，其思想的基础是老庄，接受了神仙道教影响，又吸取佛教思想，他又是个药物学家，且擅长书法，他留下的诗不多，最著名的是《诏问山中何所有》：

山中何所有？岭上多白云。只可自怡悦，不堪持赠君。

一个人一辈子留下这四句诗，也就可以不朽了。我的画，也只是白云一片而已。

一九九二年一月八日

谈 题 画

　　题画是中国特有的东西。西方画没有题字的。日本画偶有题句，是受了中国的影响，中国的题画并非从来就有，唐画无题字者，宋人画也极少题字。一直到明代的工笔画家如吕纪，也只是在画幅不引人注意的地方写上一个名字。题画之风开始于文人画、写意画兴起之时。王冕画梅，是题诗的。徐文长题画诗可编为一卷。至扬州八怪，几乎每画必题。吴昌硕、齐白石题画时有佳句。

　　题画有三要。

　　一要内容好。内容好无非是两个方面：要有寄托；有情趣。郑板桥画竹，题诗："衙斋卧听萧萧竹，疑是民间

　　＊初刊于一九九二年十月六日《今晚报》，初收于北师大版《汪曾祺全集》第五卷。

疾苦声。些小吾曹州县吏，一枝一叶总关情。"关心民瘼，出于至性。齐白石一小方幅，画浅蓝色藤花，上下四旁飞着无数野蜂，一边用金冬心体题了几行字："借山吟馆后有野藤一株，花时游蜂无数。□孙幼时曾为蜂螫。今□孙亦能画此藤花矣。静思往事，如在目底"（白石此画只是匆匆过眼，题记凭记忆录出，当有讹字）。这实在是一则很漂亮的小品文。白石为荣宝斋画笺纸，一朵淡蓝色的牵牛花，两片叶子，题曰："梅畹华家牵牛花碗大，人谓外人种也。余画其最小者。"此老幽默。寻常画家，哪得有此！

二要位置得宜。徐文长画长卷，有时题字几占一半。金冬心画六尺梅花横幅，留出右侧一片白地，极其规整地写了一篇题记。郑板桥有时在丛篁密竿之间由左向右题诗一首。题画无一定格局，但总要字画相得，掩映成趣，不能互相侵夺。

三最重要的是，字要写得好一些。字要有法，有体。黄瘿瓢题画用狂草，但结体皆有依据，不是乱写一气。郑板桥称自己的字是"六分半书"，他参照一些北碑笔意，但是长撇大捺，底子仍是黄山谷。金冬心的漆书和方块字是自己创出来的，但是不习汉隶，不会写得那样停匀。

近些年有不少中青年画家爱在中国画上题字。画面常常是彩墨淋漓，搞得很脏，题字尤其不成样子，不知道为什么，爱在画的顶头上横写，题字的内容很无味，字则是叉脚舞手，连起码的横平竖直都做不到，几乎不成其为字。这样的题字不是美术，是丑术。我建议美术学院的中国画系要开两门基础课。一是文学课，要教学生把文章写通，最好能做几句旧诗；二是书法课，要让学生临帖。

一九九二年九月二十五日

题画三则

一

"一路秋山红叶老圃黄花，不觉到了济南地界。到了济南，只见家家泉水，户户垂杨。"右引自《老残游记》。或曰："这是陈辞滥调"。陈辞滥调也好嘛，总比那些奇奇怪怪，教人看不懂的语言要好一些。现在一些画家、文学家，缺少的正是这种陈辞滥调的功夫！

一九九六年一月

＊初刊于《随笔》一九九六年第三期，后两则文字初收于北师大版《汪曾祺全集》第六卷，题为《题画二则》。

二

　　天竹是灌木，别有草本者，齐白石曾画。他爱画草本天竹，因为是他乡之物。而我宁取木本者，以其坚挺结实，果粒色也较深。齐白石自画其草本天竹，我画我的，谁也管不着谁。

　　天竹和蜡梅是春节胜景，天然的搭配。我的家乡特重白色花心的蜡梅，美之为"冰心蜡梅"，而将紫色花心的一种贬之为"狗心蜡梅"。古人则重紫心的，称为"罄口檀心"。对花木的高低褒贬也和对人一样，一人一个说法，只好由他去说。

一九九六年一月

三

　　梅畹华家牵牛花碗大，人谓外人种也，余画其最小者。齐白石为荣宝斋画笺纸并题。白石题语很幽默，很有风趣。

　　白石老人尝谓：吾诗第一，字第二，画第三。此言有些道理。画之品味高低决定画中是否有诗，有多少诗。画某物即某物，即少内涵，无意境，无感慨，无喜笑怒骂，苦辣酸甜。有些画家，功力非不深厚，但恨少诗意。他们的画一般都不题诗，只是记年月。徐悲鸿即为不善题画而深深遗憾。

我一贯主张，美术学院应延聘名师教学生写诗，写词，写散文。一个画家，首先得是诗人。

一九九六年一月

好人平安
——马得及其戏曲人物画

我知道马得是由于苏叶的口头介绍。一九九一年秋，参加泰山散文笔会，认识苏叶，她不止一次和我谈起马得。

其后不久，马得到北京来，承蒙枉顾敝庐，我才得识庐山面目。马得修长如邹忌，肩宽平（欧洲人称这样的肩为"方肩"），腰直，不驼背。眼色清明，而微含笑意。留了一抹短髭，有点花白，修剪得很整齐。衣履精洁，通身干干净净，清清爽爽，很有艺术家的风度，照北京人的说法，是很"帅"。

马得是画家，看起来温柔儒雅，心气平和，但是他并

---

*初刊于一九九六年《徐州日报》，具体日期不详；初收于人民文学版《汪曾祺全集》第十卷。

不脱离现实，他对艺术、对生活的态度都是一个现实主义者。他爱憎分明，胸中时有不平之气，有时是相当激动的，对此世界的是是非非，并不含糊，也无顾忌，指桑骂槐，一吐为快。马得的一部分画，骨子里（此似是南京话）是一把辛酸和悲愤。他在《画戏话戏·〈杀四门〉》中写道："……戏中的尉迟恭给人穿小鞋，想置人于死地……在那争权夺利、尔虞我诈的封建社会里，用给小鞋穿的手段来打击报复，是常有的事……其实生活中，给人小鞋穿者，哪会如此明明白白，他未见得跟你对话；那座城门，也未见得紧紧关着，有时倒是四敞大开，但你一走到门口，便像有自动装置似的'哐当'一声便关上了；你想上告么？也是麻烦得很，很难有澄清之日。"

画中的秦怀玉是浑身缟素，倒竖双眉，寥寥几笔，便表现出五内如焚的悲愤，而尉迟恭的老奸巨猾也跃然纸上。因为马得的画内涵上的悲剧性，就使他的画有较大的深度和力度，不是一般的"游戏笔墨"。

但是马得是一个抒情诗人。他爱看戏，因为戏很美。马得能于瞬息间感受到戏的美，捕捉到美。他画戏是画戏中之诗，不求形似。他最爱画《牡丹亭》，这辈子不知道画了多少张。他画《牡丹亭》人物，只用单线勾成，线如游丝，随风宛转，略敷淡色，稍染腮红，使人有梦境之感。马得的许多画都有梦意，《游园·惊梦》如此，《拾画·叫画》如此，《蝴蝶梦》更是如此（此幅用深色作底子，人物衣著皆用白粉，更显得缥缥缈缈）。我们可以称马得为"画梦的人"。

黄苗子曾说过马得有童心，可谓知言。已经过了七十的人，还能用儿童一样天真的眼睛，儿童一样的惊奇看待人世，心地善良无渣滓，对生活充满了温暖的同情，诚属难得。仁者寿，马得是会长寿的，他还会画几十年，画出更多好画。

马得的人物画大体可分作两类。一类秀雅娴静，一类奔放粗豪。马得是漫画家。漫画家大都在线上下工夫，有笔无墨，马得很注意用墨，尤其是用水。他画的钟馗、鲁智深，都是水墨杂下，痛快淋漓，十分酣畅。画已经裱出了好几年，还是水气泱泱，好像才掷笔脱手。这和他曾经画过几年国画是有关系的。漫画家大都不善用色，间或一用，也都是满廓平涂，如画卡通。马得的画大都设色，是国画的淡设色，如春水秋月，不板滞，不笨重。他用于人物身上的淡色和舞台上的不尽相同。删除繁缛，追求单纯，点到而已。他爱用蛋青、豆绿，实际上舞台上的旦角很少穿这种颜色的褶子。他画《游园》中的杜丽娘，著银灰色的褶子，白裙，后面有淡淡青山一抹，和人物形成一个十字；这张画不但构图精致，颜色也极其清雅。马得爱画青褶子白裙（或"腰包"）的妇女。他所画的最美的女性形象，我以为倒不是杜丽娘，而是《跃鲤记·芦林》里的庞氏。庞氏梳"大头"，头上有几个银泡子，青褶子，白色的长裙，腰后可见长长的"线尾子"，掩面悲泣，不胜哀婉，真美！我发现马得画人有一特点，爱画人物的后背。《贵妃醉酒》如此，《千里送京娘》如此，《断桥》也如此。中国戏曲表演讲究背上有戏，马得爱画背影，不知从何处悟得。马得画重韵律，重画面。他深明中国戏由动入静——亮相的重要性。他画人物亮"子午相""高低相"，并由画面的需要而加调整，和戏有同有不同。难得的是画气势。《判官把路引，去捉负心人》一气呵成，无一笔犹豫，势如疾风骤雨，锐不可当。我以为这是一个杰作！

马得要出戏曲人物画选，不知是谁的主意（也许是马得点的名），叫我写一篇序。我乐于当一次差，但我对画、对戏都是一知半解，说不出几句"解渴"的话，郑板桥写过一副对联："搔痒不著赞何益，入木三分骂亦精"，我只能说一些似是而非的话，隔靴搔痒，——北京人叫做"间着袜子挠痒痒"。水平所限，只能如此，奈何奈何！

一个人爱才如渴，嫉恶如仇，有抒情气质，有童心，此人必是好人。马得是好人，好人平安！

酒瓶诗画

　　阿城送我一瓶湘西凤凰的酒，说："主要是送你这只酒瓶。酒瓶是黄永玉做的。"是用红泥做的，形制拙朴，不上釉。瓶腹印了一小方大红的蜡笺，印了两个永玉手写的漆黑的字；扎口是一小块红布。全国如果举行酒瓶评比，这个瓶子可得第一。

　　茅台酒瓶本不好看，直筒筒的，但是它已创出了牌子。许多杂牌酒也仿造这样的瓶子，就毫无意义，谁也不会看到这样的酒瓶就当作茅台酒买下来。

　　不少酒厂都出了瓷瓶的高级酒。双沟酒厂的仿龙泉釉刻花的酒瓶，颜色形状都不错，喝完了酒，可以当花瓶，

　　＊初刊于一九八八年九月十一日《光明日报》，初收于北师大版《汪曾祺全集》第四卷。

插两朵月季。杏花村汾酒厂的"高白汾酒"瓶做成一个胖鼓鼓的小坛子，釉色如稠酱油，印两道银色碎花，瓶盖是一个覆扣的酒杯，也挺好玩。"瓷瓶汾酒"颈细而下丰，白瓷地，不难看，只惜印的图案稍琐碎。酒厂在酒瓶包装上做文章，原是应该的。

　　一般的瓷瓶酒的瓶都是观音瓶，即观音菩萨用来洒净水的那样的瓶。如果是素瓷，还可以，喝完酒，摆在桌上也不难看。只是多要印上字画：一面是嫦娥奔月或麻姑献寿或天女散花，另一面是唐诗一首。不知道为什么，写字的人多爱写《枫桥夜泊》，这于酒实在毫不相干。这样一来，就糟了，因为"雅得多么俗"。没有人愿意保存，卖给收酒瓶的，也不要。

名 实 篇

　　我浑身上下无名牌，除了口袋里有时有一盒名牌烟。叫我谈名牌，实在是赶鸭子上架。我只能说一点极其一般的老生常谈。

　　"牌子"是外来语，中国原先没有这个东西。"牌子"是商标，更精确一点，是"注册商标"，原文是Trade mark。最初引进的可能是广东人。广东四五十年前出了一种花露水，瓶子上贴了印了两个广东妞的图画。有字："双妹唛"——后来为了通行全国，改成了"双妹老牌花露水"。但是"唛"这个字并未消失。有一种长方形扁铁桶装的花生油，还叫做"骆驼唛"。我的女儿管这种油叫

　　＊初刊于《中国名牌》一九九三年总第四期，初收于北师大版《汪曾祺全集》第六卷。

做"骆驼妈"。

中国没有牌子，但有字号。有的字号标明 × × 为记，这"为记"实近似商标。如北京后门桥一家卖酱菜的在门口挂一个大葫芦，这本是一个幌子，但成了这一家的字号，有一个时期与六必居、天源鼎足而立，后来不知道为什么歇业了。有的药品以创制的人为记。昆明云南白药的仿单印着曲焕章的照片，北京长春堂的避瘟散的外包装上印着发明这种药的老道的像。曲焕章、老道的玉照，实起了牌子的作用。老字号、名牌，有时是分不清的。王麻子、张小泉，是字号，也是商标。

牌子的兴起，最初大概是香烟。人们买烟，都得认准了是什么牌子的。一时从南到北到处充斥各种中外名牌烟：555、三炮台、绞盘牌、老刀牌、红锡包；骆驼牌、Lucky Strike、吉士斐儿、万宝路……中国烟则有大前门、美丽牌。其后才出现别种名牌商品。最初是"天虚我生新发明"的无敌牌牙粉、三友实业社的三角牌床单、天厨味精、奇异牌电灯泡……这些名牌，有的退步了，有些消失了。考察一下名牌的兴衰史，可以作为今天创保名牌的借鉴。

名的基础是实。"名者实之宾"，"实至名归"，这是常识，也是真理。要出名，先得东西地道。北京人的俗话说："人叫人千声不语，货叫人点手就来"，说得很形象。

创名牌不易，保名牌尤难。关键是质量。昆明吉庆祥的火腿月饼我以为是天下第一。前几年有人给我带了一盒"四两砣"（旧秤四两一个），质量和我40年前在昆明吃的还是一样。而过桥米线、汽锅鸡则完全不是那么一回事了！

以烟卷为例。"红塔山"现在已经是无可争议的国产烟的头块牌了。原来可不是这样。在云南名烟中，"红塔山"只是位居第三。为什么能够力挫群雄，扶摇直上呢？因为玉溪卷烟厂非常重视质量，厂的领导认为质量是企业的生命。他们严格把好两道质量关。一是保证烟叶的质量。他们说玉烟的第一车间不在厂里，而在田间。厂方对烟农在农药、化肥等方面给予很大的帮助，但有一个条件：你得给我一级烟叶。第二是烟叶在制造前一定要储存二年至二年半，这样才能把烟叶中的杂味挥发掉。中药铺的制药作坊挂着一副对子："修合虽无人见，存心自有天知。"制烟也是这样。烟叶的质量、储存时间，是没有人看见的。但是烟也有"天"，这个"天"就是烟民的感觉。

名牌是要靠宣传的，就是做广告。"桃李不言，下自成蹊"是过于古典的说法。"酒好不怕巷子深"未必然。小酒铺贴对联："隔壁三家醉，开坛十里香"，是宣传，是广告,而且很夸张。广告,总要夸张,但是夸张得有谱。有的广告实在太离谱。上海过去有一个叫黄楚九的人,此人全靠广告起家。他发明了一种药叫"百龄机",大做广告。他出过一本画册,宣传百龄机"有意想不到之功效",请上海的名画家作画,图文并茂,每一页宣传意想不到的功效中的一项。有一页画的是一个人在小便,文曰:"小便远射有力。"因为这种功效真是"意想不到",给我留下的印象很深。但是我不会去买百龄机的,因为小便是否远射有力,关系不大。现在有许多高级补药,我看到广告言过其实,总不免想到百龄机,想到小便远射有力。

广告是一门艺术。广告语言要有点文学性。广告语言中最好的,我以为是丰田汽车广告牌上的"车到山前必有路,有路便有丰田车",头一句运用中国谚语很巧妙,下接"有路便有丰田车",读起来非常顺口。美丽牌香烟在《申报》、《新闻报》作全幅广告,只是两句话——"有美皆备,无丽不臻",虽然两句的意思是一样的,在诗律中是"合掌",但是简单明了。而且大家看得多了,便记得住。其次是图像。万宝路在各画报杂志上登的广告,都是同一个牛仔。这个牛仔的形象、气质和万宝路的烟味有相通处,是一幅成功的广告,听说这个牛仔前两年死了,那万宝路以后靠谁来做广告呢?广告上出现的人物形象得讨人喜欢。七喜电视广告上的那个女孩就很可爱。康莱蛋卷广告上那个男孩，"康莱，把营养和美味，卷起来！"看了那个孩子，叫人很想买一盒康莱蛋卷嚼嚼。有的广告是失败的，如一个风雨衣厂的广告，看了叫人莫名其妙。

随着商品经济的发展，名牌的破土解箨，应该培养人们的名牌意识，有些观念需要改变。比如"价廉物美"，在高消费时期，就不适用，应该代之以"价高物美"。现在"价廉物美"的陈旧观念，还在束缚着一些企业的手脚。

名牌意识的普及，有几个方面，一是企业家，一是消费者，一是工商业的领导。名牌需要保护，需要特殊照顾。最重要的是保障原料的供应。举一个例，昆明的汽锅鸡、过桥米线为什么质量下降？因为汽锅鸡、过桥米线过去用的鸡都是"武定壮鸡"——一种动了特殊手术的肥母鸡，现在武定壮鸡几乎没有了，用人工饲养的肉鸡，怎么能做得出不减当年的汽锅鸡和过桥米线呢？要恢复当年的汽锅鸡、过桥米线，首先应恢复武定壮鸡的生产。

一九九三年八月

富贵闲人，风雅盟主
——企业家我对你说

全美保险公司是一个很大的企业，我参观了它在依阿华州的分公司。这家公司的经营管理全部电脑化。大办公室里几百张办公桌，每张桌上一架电脑，电脑正在运作，室内却没有一个人。小写字间的工作人员也很少。使我觉得奇怪的是到处都是现代抽象艺术作品。会客室、展览厅、办公室，墙壁上、桌上、茶几上、楼梯口，都是，油画、丙烯画、木雕、金属雕饰……

后来参观了别处的几家企业，情况也大体相似。

这是怎么回事呢？为什么这些企业主对艺术，特别是现代抽象艺术，那样感兴趣？

后来知道，美国政府有一条政策：凡企业花钱购买美

---

*初刊时间、初刊处未详，初收于北师大版《汪曾祺全集》第六卷。

国艺术家的抽象派的艺术作品，这笔钱可以从应缴税款中扣除，即企业家可以免缴部分税，白得一件艺术作品。以企业养艺术，这是一条好政策！

企业主着眼的似乎不全在可以免税，一半也表现出他们扶植艺术的热情，显示他们的艺术欣赏的品味。

江·迪尔是一个很大的农机厂，它的厂房是一道风景。主建筑是钢结构，钢的自然的锈色和透明的钢化玻璃门窗，造成极为疏朗的视觉效果。一切都是经过精心设计的。走道阶梯，布置得宜。连院中铺地的方石之间种的草都是从国外高价选购移植的。主建筑前有一个圆形小湖，湖中有岛，岛上安置着亨利·摩尔的雕塑。

亨利·摩尔是个可以与毕加索相提并论的大艺术家。像是青铜的，是抽象雕塑，很难确认表现的是什么，但是不论从哪一个方向看，都很美。其思想内涵，照我的感觉是：母亲——爱。买这样的杰作，是要很多钱的，而且这一大笔钱是不能顶税的，——美国政府允许购买艺术品的政策，只限于对美国艺术家。作品的用费可以于税款内扣除。亨利·摩尔不是美国人。但是江·迪尔不惜巨款买下了，而且特为挖了一口小湖，堆出一座小岛，农机厂主对艺术鉴赏的眼光魄力真是"镇了"。亨利·摩尔的雕塑现已成为江·迪尔的骄傲，它的形象成了农机厂的标志。我们看过介绍江·迪尔的纪录片，第一个镜头就是亨利·摩尔的雕塑。

艺术是要靠钱养活的。高级的艺术需要真正的"大款"的扶持，这是天经地义的事。

在中国也是这样。

起初，艺术与宗教密切相关。没有那样多的"供养人"出钱，就不可能有云岗石窟、龙门石窟、敦煌的壁画和彩塑。不可能有戴逵、吴道子。

后来，艺术成了皇家占有的精神享受。黄筌、徐熙、马远、夏珪、苏汉臣……都曾供职画院，领取俸禄。元明都设画院。清有如意馆，罗致了一大批画家、书家，随时待诏。蒋南沙、冷枚、邹一桂都是御用画家。

到了清中叶以后情况有些改变。中国经济走进了前资本主义时期，出现了一批资力雄厚、规模不小、网络纵横的企业，纺织业、丝绸业以及山西的票号、扬州的盐商……。经营官盐的贩运也可算是一种企业，而且是非常发财的企业。盐商有一特点：爱钱，也爱艺术。他们乐于结识文人、书家、画家，待之如上宾，酬之以重金。在他们的照拂下，扬州一时名士云集。可以说没有扬州盐商，就没有"扬州八怪"。"扬州八怪"的形成是一个复杂的问题，但与扬州盐商分不开。我很希望有人写出一本《扬州八怪和扬州盐商》，从经济角度、文化角度分析企业和艺术的关系。我觉得盐商之于书画，不只是"附庸风雅"，他们实是风雅的盟主，艺术的保护神。

我希望中国的企业家能够继承播扬风雅的传统，借鉴外国的经验，给中国的艺术家更多的支援、帮助。

扶植艺术，对企业家本人有什么意义？

一是可以从书画的奔放豪迈的气势中受到启示，引发激情，成为办企业的真正的大手笔。

二是可以得到一点精神上的休息，于汹涌而不免污浊的商海搏击中找到一分清凉的绿荫，于浮躁中得到慰藉。

三，最重要的是可以提高自己的文化品味，文化素质，少一点市侩气、暴发户气，多一分书卷气，文质彬彬，活得更潇洒一些。

一九九七年四月十一日

羊上树和老虎闻鼻烟儿

这都是华北俗话。

有一个相声小段，题目叫《羊上树》：

> 甲：哐那令哐令令哐（口作弹三弦声）。
>
> （唱）
>
> 太阳出来亮堂堂，
>
> 出了东庄奔西庄，
>
> 抬头看见羊上树，
>
> 低头……
>
> 乙：你等等！"抬头看见羊上树"，
>
> 这羊怎么上的树呀？
>
> 甲：你问这羊怎么上的树？

---

* 初刊于《随笔》一九九二年第三期，初收于《塔上随笔》。

乙：对！

甲：哐那个令哐令令哐。

　　抬头看见羊上树……

乙：羊怎么上的树？

甲：羊吃什么？

乙：草。"羊吃百样草，看你找不找。"

甲：吃树叶不？

乙：吃！杨树叶，榆树叶，都吃。

甲：对了！羊爱吃树叶，它就上了树咧！

乙：它怎么上的树？

甲：羊上树，

　　树上羊，

　　哐那令哐令令哐……

乙：羊怎么上的树！

甲：你问的是羊怎么上的树呀？

乙：对，怎么上的树！

甲：羊上树，

　　树上羊，

　　哐那个令哐令令哐……

乙：羊怎么上的树？

甲：哐那个令哐令令哐，

羊上树，

树上羊……

"羊上树"，意思是不可能的事。北京人听说不可能实现的，没影儿的事，就说："这是羊上树的事儿！"

为什么不说马上树，牛上树，骆驼上树？这些动物也都是不能上树的。大概是因为人觉得羊似乎是应该能上树的。

羊能上山。我在张家口跟羊倌一块放过羊，羊特爱登上又陡又险的山，听羊倌说，只要是能落住雨点的石头，羊都能上去。

羊特别能维持身体的平衡。杂技团能训练羊走钢丝。

然而羊是不能上树的。没有人见过羊上树。

相声接着往下说：

甲：羊上树，

树上羊，

咦那个令咦令令咦……

乙：羊怎么上的树？

甲：你这人怎么认死理儿呢？

乙：羊怎么上的树！

甲：咦那令咦令令咦……

乙：羊怎么上的树？

甲：它是我给它抱上去的。

问题原来如此简单。只要有人抱，羊也是可以上树的。

"老虎闻鼻烟儿"意思和"羊上树"差不多，不过语气更坚决。北方人听到什么根本不可能发生的事，就说："老虎闻鼻烟儿——没有那八宗事！"当初创造这句歇后语的人的想象力实在是惊人。一只老虎，坐着，在前掌里倒一撮鼻烟，往鼻孔里揉？这可能么？

不过也不是绝对地不可能。我曾在电视里看过一只猩猩爱抽雪茄。猩猩能抽雪茄，老虎就许会闻鼻烟儿。

老虎闻鼻烟，有这种可能？它上哪儿弄去呀？自己买去？——老虎走到卖鼻烟的铺子里，攥着一把钞票，往柜台上一扔，指指货架上搁鼻烟的瓷坛子……

操那个心！老虎闻鼻烟儿，不用自己掏钱买。

……

会有人给它送去。

一九九一年十二月二十五日

多此一举

信封上印画

我每次到文具店，问："有没有纯白的信封？"售货员摇摇头。"为什么要在信封上印画？"售货员白了我一眼，她大概觉得这个人莫名其妙。

中国的信封有三大缺点。一是纸质太坏，不结实。二是尺寸太小，只有一张明信片那样大，多写了几张纸，折起来，塞进去，一不小心，就会胀破。三是左下角都印了画：任率英的仕女，曹克家的猫，徐悲鸿的马……信封是装信的，有地方写下收信人和寄信人的姓名、地址、邮政

---

* 初刊于一九八八年七月十日《光明日报》，初收于北师大版《汪曾祺全集》第四卷。

编码，清清楚楚，就很好，为什么要印画呢？也许有些小姑娘喜欢，她们买信封时还会挑来挑去，挑几个最好看的。但是多数寄信的人在封信前后不会从容欣赏这些画。收信人接到信也都嗤拉一声把信封扯破，不会对信封上的画爱惜珍藏。为了照顾小姑娘们的审美趣味，在少量信封上印一点画也可以，但是所有信封一概印画，实是一种浪费。而且说实在的，印画的信封，小气得很。

上海最近出了一种白信封，纸质比较坚实，大小也合适：8 寸 ×3 寸。国际通用的信封，大都是这样的规格。我希望北京的印封厂也能出这样的信封。信封的封口处最好能刷一层胶，沾水即可粘住。

附带说一句，邮票背面也应该刷胶。现在是邮局大都设一张人造石面的桌，置胶水一器，由寄信人用小刷自己去涂，这张桌面于是淋漓尽致，一塌糊涂。

工 艺 菜

很多人反对工艺菜，有人写了文章。但是你反对你的，特一级厨师照样做，酒席上照样上，杂志里照样登上彩色照片，电视上还详详细细介绍工艺菜的全部制作过程，似乎这是中国值得骄傲的文化。

菜是吃的，不是看的。菜重色、香、味，当然也要适当地考虑形。苏州的红方，要把五花硬肋切成正方形。镇江的肴蹄要切成同样大小的厚片。广州的白斩鸡要把鸡脯鸡腿鸡翅在盘里安排妥帖。南方的拌荠菜上桌时堆成塔形。菜不能没个形，这样做，是为了引起人的食欲，见到这样的形，立刻就想到熟悉的、预期的滋味。

把煮得七八成熟的瘦猪肉片、鸡片、鸡蛋皮、胡萝卜、紫菜头、樱桃、黄瓜皮，在大白瓷盘里拼出一条龙、一只凤，有什么意思？既不好看，也不好吃，只能叫人倒胃口。

工艺菜不是烹调艺术的正路，而是邪门歪道。

论精品意识

——与友人书

"精品意识"是一个很好的提法。

写字作画，首先得有激情。要有情绪，为一人、一事、一朵花、一片色彩感动。有一种意向、一团兴致，勃勃然郁积于胸中，势欲喷吐而出。先有感情，后有物象。宋儒谓未有此事物，先有此事物之理，是有道理的。张大千以为气韵生动第一，其次才是章法结构，是有道理的。气韵是本体，章法结构是派生的。

作画写字当然要有理智、要练笔，要惨淡经营，有时要打草稿。曾见过齐白石画棉花草稿，用淡墨勾出棉花的枝叶，还注明草的朵瓣、叶的颜色。他有一张搔背图

---

* 初刊于一九九七年四月二十九日《文汇报》，初收于北师大版《汪曾祺全集》第六卷。

稿子，自己批注曰"手臂太长"。此可证明老人并不欺世，"作业"做得很认真。但是练笔起稿不是创作，只是创作的准备。创作时还是首先得"运气"，得有"临场发挥"。郑板桥论画竹，谓："胸中之竹已非园中之竹，纸上之竹又非胸中之竹矣"，良是。文与可、诸昇之竹觉犹过于理智，过于严谨，少随意性，反不如明清以后画竹之萧散。曾看齐白石画展，见一册页，画荔枝，不禁驻足留连，时李可染适在旁边，说老人画此开时，李是看着他画的。画已接近完成，老人拈笔涂了两个黑荔枝，真是神来之笔。老人画荔枝多是在浅红底子上以西洋红点成。荔枝也没有黑的。老人只是觉得要一点黑，便濡墨飞了两个墨黑的小球，而全画遂跳出，红荔枝更加鲜活水灵。老人画黑荔枝是原先完全没有想到的，是一时兴起，是谓"天成"。黄永玉在蓝印染布上画了各式各样的鸟，有一只鸟，永玉说："这只鸟我自己也不知道是怎么画出来的。"

　　写字画画是一种高度兴奋的精神劳动，需要机遇。形象随时都有，一把抓住，却是瞬息间事。心手俱到，纸墨相生，并非常有。"殆乎篇成，半折心始"，有时也会产生超过预期的艺术效果。"惬意"的作品，古人谓之"合作"，——不是大家一起共同画一张画，而是达到甚至超过预期效果的作品。"合作"，也就是今天所说的"精品"。

搞出一个精品，是最大的快乐。"提刀却立，四顾踌躇"，虽南面王不与易也。

必须有"精品意识"，才能有"精品"。现在是商品经济时代，艺术是有偿劳动，是要卖钱的。但是在进入艺术创作时，必须把这些忘掉。艺术要卖钱，但不能只是想卖钱，而是想要精品。

搞出一件精品，便是给此世界一点新东西，开拓了一个新的艺术品种，要创造。世界上本没有"抒情纪录片"，有之，自伊文斯开始。他拍了《鹿特丹之雨》，才开始有"抒情纪录片"这玩意。吾师乎！吾师乎！

老是想钱，制造出来的不会是精品，而是"凡品"。萝卜快了不洗泥，是糟蹋自己，老是搞凡品，是白活了一场。

生年不满百，能著几双屐。不要浪费生命。

言不尽意，诸惟保重不宣。

人间送小温

　　曾画水仙数束，题诗一首。诗的开头几句是："我有一好处，平生不整人。写作颇勤快，人间送小温……"作家应该给人间送一点温暖，哪怕是很小的一点。作家应该引发读者对生活的信心，使读者感到生活是美好的，有希望的，从而提高读者的精神素质，使自己更崇高，更优秀，更美。

　　看电视，感受到一点：人的表情在发生普遍的变化，不像反右、"大跃进"、"文化大革命"……的时候，每个人都活得更沉重，很困惑。现在的人都显得很轻松，很愉快。人的精神面貌在不知不觉中发生变化了，这是改革开

────────────

　　＊初刊于一九九六年二月二十四日《羊城晚报》，初收于人民文学版《汪曾祺全集》第十卷。

放的最难得的收获。

温暖的篝火在燃烧，作家应该往火里投进几束薪柴。

对读者的感谢

几年以前，我收到浙江的一个念化学的大学生的来信，他提出对我的小说《七里茶坊》的看法，说："你写的那些人，是我们这个民族的支柱。"我很高兴。我认为他读懂了这篇作品，这一句话比许多长篇大论的评论说得更深刻，更准确。一个人的作品被人理解，特别是比较内在的感情被理解，是非常欣慰的。这会让你觉得这个作品没有白写。

也是几年前的事了。我收到了一个包装得很整齐严实的邮包，书不像书，打开了，是四个笔记本。一个天长县的文学青年把我的一部分小说用钢笔抄了一遍！他还在行

＊初刊于一九九二年十月二十五日《文汇报》，初收于北师大版《汪曾祺全集》第五卷。

间用红笔加了圈点，在页边加了批。看来他是花了功夫学我的。我曾经一再对文学青年说过：不要学我。但是这个"学生"这样用功，还是很使我感动。不能否认，有一些青年人在写作方法上受了我的影响。这使我很惶恐，我真的不希望这样。这也使我在写作时增加了一分责任感，一分压力，我要写得更慎重一些，不要害了人。

散文《故乡的食物》一开头引郑板桥的家书："天寒冰冻时暮，穷亲戚朋友到门，先泡一大碗炒米送手中，佐以酱姜一小碟，最是暖老温贫之具。"这篇文章在《雨花》发表时引文与此有小异，我曾加注说：手边无板桥集，所引或有错误。一位扬州的读者看到后，很快就将板桥的原文抄寄给我，这样我在收到集子里的时候才能改正。

两个多月前，作家出版社转来邯郸市锅炉辅机厂梁辰同志一封信，内云：

"……发现了一个小疑点，即《吴三桂》文中提及的张士诚攻下高邮之年份：'但是他于至正十三年（一五五三年）攻下了高邮'（三〇五页）。我怀疑公元纪年应为一三五五年，虽然三与五手书潦草或易相混，但未必是手工排错，因下文接云：'他（吴）生于一六一二年。……敝乡于六十年之间出过两位皇上，……'依常识推断：张生于元末，吴生于明末，其间不可能仅隔六十年。但在外手头无书，只好存疑。返邯郸后即查历史纪元表，果然错了年份，应纠正为‘敝乡于二百六十年间出过两位皇上。’……"

我完全同意梁辰同志的意见。我从小算术不好，但作文粗疏如此，实在很不应该。梁辰同志看书这样认真，令人感佩。

中国的作家是在读者的理解、关怀，甚至监视之下写作的。这是非常值得感谢的。

颜色的世界

鱼肚白

珍珠母

珠灰

葡萄灰（以上皆天色）

大红

朱红

牡丹红

玫瑰红

胭脂红

---

* 初刊于《小说》一九九六年第四期，初收于北师大版《汪曾祺全集》第六卷。

干红（《水浒》等书动辄言"干红"，不知究竟是怎样
的红）

浅红

粉红

水红

单衫杏子红

霁红（釉色）

豇豆红（粉绿地泛出豇豆红，釉色，极娇美）

天蓝

湖蓝

春水碧于蓝

雨过天青云破处（釉色）

鸭蛋青

葱绿

鹦哥绿

孔雀绿

松耳石

"嘎巴绿"

明黄

赭黄

土黄

藤黄（出柬埔寨者佳）

梨皮黄（釉色）

杏黄

鹅黄

老僧衣

茶叶末

芝麻酱（以上皆釉色，甚肖）

世界充满了颜色

一九九六年三月二十七日

本命年和岁交春

今年是猴年，我属猴，是我的本命年。北方把本命年很当一回事，以为是个"坎儿"，这一年要系一条红裤腰带。南方似无此说道。全国属猴的约占十二分之一。即使这一年对属猴的都不利，那么倒霉的也只是十二分之一的人口，小意思！

今年又是"岁交春"，大年初一立春。语云："千年难得龙华会，万年难得岁交春"，难得的。据说岁交春大吉大利，这一年会风调雨顺，国泰民安。

假如猴年对我不利，而岁交春则非常吉利，那么，至少可以两抵。

　　＊初刊于一九九二年二月三日《新民晚报》，初收于北师大版《汪曾祺全集》第五卷。

北方人，尤其是北京人，很重视立春，那天要吃春饼。生葱、嫩韭、炒豆芽、炒菠菜、炒鸡蛋，与清酱肉、腊鸭，卷于薄面饼中食之。很好吃。管他吉利不吉利，今年初一，我下定决心：吃一次春饼！

四时佳兴

偶 笑 集

烧糊了洗脸水

《红楼梦》里一个丫头无端受到责备，心中不服，嘟嘟囔囔地说："我又怎么啦？我又没烧糊了洗脸水！""我又没烧糊了洗脸水"，此语甚俊。

职业习惯

瓦岗寨英雄尤俊达，是扛大斧给人劈柴出身。每临

＊初刊于一九九二年三月十五日《羊城晚报》，初收于北师大版《汪曾祺全集》第五卷。

阵，见来将必先问："顺丝儿还是横丝儿的？"答云："顺丝儿的。"就很高兴；若说是"横丝儿的！"就搓着斧柄，连声叫苦："横丝儿的！哎呀，横丝儿的！"劈大块柴，顺丝的一斧就能劈通；横丝的，劈起来费劲。

济公的幽默

县官王老爷派两个轿夫抬着一顶小轿，接济公来给王老爷的娘子看病。济公不肯坐轿，说："我自己走。我从来不坐轿子，从来不让别人抬着我。"轿夫说："您不坐轿子，我们对老爷不好交待呀！"济公想了想，说："这样吧，你们把轿底打掉了。你们在外面抬，我在里面走。"济公这个主意实在很幽默。两个轿夫，一前一后，抬着一乘空轿子，轿子下面，一双光脚，趿着破鞋，忽忽闪闪，整齐合拍，光景奇绝！

世界通用汉语

我们到内蒙伊克昭盟去搜集材料，要写一个剧本。党委书记带队。我们开了吉普车到一个"浩特"去接一个曾在王府当过奴隶的牧民到东胜去座谈。这位奴隶已经等在路边。车一停，上来了。我们的书记，非常热情，迎了上去，握住奴隶的手，说："你好！你的，会讲汉语？"我们这位书记以为这种带日本味儿的汉语是所有的外国人和所有的少数民族都懂的。这位奴隶也很对得起我们的书记，很客气答道："小小的！"这位奴隶肯定以为我们的书记平常就是讲这样的话的。

以为这样的话是全世界的人都懂的，大有人在。名丑张××，到瑞士，刚进旅馆，想大便，找不到厕所，拉住服务员，比划了半天，服务员不懂，他就大声叫道："我的，要大大的！"服务员眼睛瞪得大大的，还是不懂。

一九九二年二月二十四日

活在颜色世界里的老头儿

今年秋天收拾旧东西的时候，无意中又看见了那本陕西人民出版社的《老学闲抄》。棕黄色封面上，丁聪笔下的汪曾祺同志一如既往地作沉思状。书的扉页上，一本正经的题签："赠齐方　曾祺　一九九六年初春"。

一九九六年，我还在上小学。

那年，学校把积攒多年的"学生优秀作文"过了几筛，与另几所"名校"合编成《小学生作文选》，北大社出版。蒙老师错爱，我的两篇小作竟混入其中。小屁孩的名字印了铅字，享受到小伙伴的羡慕嫉妒恨，得意之色难以掩饰。

老头儿大约以为看到了一点可以吹燃的火星，谬也。他"求"这枚不知深浅的小丫头赠书、签名，回赠的礼物是一册刚刚出版的随笔集《老学闲抄》。还像对待平辈文友一样题了签：不是"方方"，而是"齐方"；不是"姥爷"，而是"曾祺"。全无半点敷衍。可惜当年少不更事，实在没有啃食这本妙书的牙口，那时电脑尚不会造字，书中的许多生僻字甚至还是编辑手写上去的。收到书后随便翻上一遍，就束之高阁了。

第二年，老头突然离去，从我的生活中消失。我永远地错过了和这位著名作家"论道"的机会。这本《老学闲抄》冷寂地斜倚在小说和习题集中间，看我上了初中，看我升入高中，看我考上大学，看我参加工作。如今再次翻开它，感慨万千。手指拂过书页，一个立体的老头儿仿佛弹跳出来，呵呵笑着，温润又和气，点点这里，戳戳那里；指点文字江山，无招胜有招。

这本《四时佳兴》中恰恰收录了《老学闲抄》，不知是否该叹一声"缘分"？

集子里的文章看似随心而选，东一榔头西一棒子，但"形散神不散"，像国画泼彩法，色彩的流淌和水墨的渗化，形成了画面的整体调式；又像洋画印象派，散漫的光线和细碎的笔触之下，是丰富而有层次感的结构。内容种类繁多的文章融汇关联，不着痕迹地各自随遇而安，终得一幅悠悠汪氏"自得其乐图"。

今冬，北京下了场大雪。雪花温柔地飘下，时间配合地变慢，到处都毛茸茸的，像是陷入了诗意的世界。四时有信，万物可期。

齐　方

二〇一九年十二月十六日

　　　　　　　　　　　　　　　　　四时佳兴

图书在版编目（CIP）数据

四时佳兴 / 汪曾祺著 . —杭州：浙江文艺出版社，2020.12
（汪曾祺别集）
ISBN 978-7-5339-6249-4

Ⅰ.①四… Ⅱ.①汪… Ⅲ.①小品文－作品集－中国－当代 Ⅳ.① I267.3

中国版本图书馆 CIP 数据核字 (2020) 第 194425 号

四时佳兴　　汪曾祺　著

出版策划　星汉文章　读蜜传媒

出版统筹　金马洛　　　　选题策划　李建新　　　　责任编辑　於国娟
装帧设计　生生书房　　　排版制作　胡亚超　　　　责任印制　张丽敏

出版发行　浙江文艺出版社

网　　址　www.zjwycbs.cn

联系电话　0571-85152727（发行部）

经　　销　浙江省新华书店集团有限公司

印　　刷　浙江新华数码印务有限公司

开　　本　787 毫米 ×1092 毫米　1/32　　字　　数　193 千字

印　　张　11.5　　　　　　　　　　　　插　　页　4

版　　次　2020 年 12 月第 1 版

印　　次　2020 年 12 月第 1 次印刷

书　　号　ISBN 978 7-5339-6249-4

定　　价　42.00 元